Aufstand der Puppen
Elfriede Philipp

Elfriede Philipp

Aufstand der Puppen

DeBehr

ISBN: 9783939241218
Copyright by: Elfriede Philipp
Grafiken: Copyright by Fotolia by Piasa
Herausgeber: Verlag DeBehr, Radeberg
Erstauflage: 2010

Kapitelfolge	**Seite**
Bevor alles begann	7
Das erste Kapitel und nichts als Pannen	8
Das zweite Kapitel und eine Abendfahrt	26
Das dritte Kapitel und ein Entschluss	43
Das vierte Kapitel und es geht abwärts	59
Das fünfte Kapitel und Tante Britta	75
Das sechste Kapitel: Wo ist Nadine?	84
Das siebente Kapitel und Frau Doktor Mechanicus	99
Das achte Kapitel und drei sind mehr als eine	115
Das neunte Kapitel: Und was nun?	123
Das zehnte Kapitel und ein Name für das Kaufhaus	138
Das elfte Kapitel und wozu eine pinkfarbige Weste gut ist	151
Das zwölfte Kapitel und eine schwarze Kutsche	170

Bevor alles begann

Unter den Trümmern einer alten Puppenwerkstatt, die ein Bagger gerade zur Seite räumte, arbeitete sich eine seltsame Gestalt nach oben. Nicht ganz Mensch, nicht ganz Puppe, vielleicht erdacht, einem alten Zauberbuch entstiegen. Ein Phantom?
Jetzt setzte das Geschöpf die rote Perücke ab, um sie zu kämmen, zupfte an ihrer grünen Samtjacke und an den weiten Pluderhosen, um sie wieder auf Vordermann zu bringen. Noch etwas benommen von der frischen Luft nahm sie auf einem abgelegenen Stein Platz. Ein Wind wehte ihr ein Zeitungsblatt, schon reichlich zerknittert, vor die Füße. Interessiert, was wohl gerade jetzt Wichtiges geschrieben wurde, las sie etwas, das ihr ein Lächeln, kein gutes, eher etwas Hinterhältiges, entlockte. In ihren grünen kalten Augen begann es triumphierend zu leuchten.

„Nun, so bin ich wohl gerade im richtigen Augenblick wieder da", sagte das Phantom leise zu sich selbst. Man wird von mir hören."
Nachdenklich sah die Frau dem Bagger hinterher, der davonfuhr. Dann musterte sie das Schild ‚Baugelände' und pfiff grell durch die Zähne.
Wir werden ihr in dieser Geschichte noch begegnen ...

Das erste Kapitel und nichts als Pannen

In der Stadt, in der Nadines unbekannte Tante Britta wohnt – eine sehr schöne große Stadt mit vielen historischen Bauwerken, die von zahlreichen Touristen, die alle dafür anreisen, eifrig fotografiert wurde –, war man gerade dabei, ein neues, wundervolles Kaufhaus für Kinder zu eröffnen. Es stand da neben den bekannten historischen Gebäuden, als habe es sich verirrt, und wollte nicht ganz dazu passen. Zu viel an gewöhnlichem Glas, zu viel an Drehtüren. Es rief zu laut: „Seht her!" Noch fehlte der Name für das neue Kaufhaus, doch den würde man finden. Aber schon jetzt wusste man, dass es das größte in Europa wäre. Um es gleich zu sagen, um die Eröffnung stand es nicht zum Besten. Gerade berichtete ein Sprecher im Radio darüber. Er vergaß dabei nicht, die gläsernen Fahrstühle und die breiten Rolltreppen zu erwähnen. Am Abend vorher zeigte das Fernsehen eindrucksvolle Bilder dazu. Mit leicht belegter Stimme kam er zu dem Schluss, dass so kurz vor der Eröffnung eine seltene, kostbare, einmalige Puppe auf unerklärliche Weise verschwunden sei.

So richtig verwunderte es niemand. Denn es passte irgendwie zu dem, was vorangegangen war. Als es darum ging, den Platz für das neue Kinderkaufhaus aus einigen Angeboten auszuwählen, entschied Frau Direktorin Ringella, es solle auf dem Gelände einer alten abgerissenen Puppenwerkstatt errichtet werden, von der erzählt wurde, unter der Erde hause noch immer eine verrückte Puppenmacherin, die Dr. Mechanicus genannt wurde. Das wäre von Anfang an die beste Reklame für ein neues Kinderkaufhaus. Ein Kinderkaufhaus brauche einfach etwas Geheimnisvolles, um all das funkelnde Neue auszugleichen und die Fantasie anzuregen. Unterstützt wurde dies dann immer, als tatsächlich beim Graben und Ausschachten seltsame verrostete Apparate und Puppenteile ans Tageslicht befördert wurden. Natürlich schrieben die Zeitungen mit den üblichen Übertreibungen darüber. Aber alles diente dazu, die Neugier und Erwartung auf das neue Kaufhaus noch zu steigern. Als dann noch von einer neuen, ganz außergewöhnlichen und noch nie so perfekt hergestellten Puppe berichtet wurde, die selbstverständlich bei der Eröffnung zu kaufen sei, waren alle auf das Höchste gespannt. Puppe Stella war schon, ehe sie jemand noch richtig gesehen hatte, begehrt. Eines Tages stand in den größten Zeitungen der Stadt folgender Aufruf:

Mädchen mit blonden langen Haaren, im Alter zwischen 9 und 10 Jahren, die als Puppe Stella für die Werbung arbeiten wollen, melden sich in Begleitung ihrer Mutter bei der Werbeabteilung des Kaufhauses für eine Talentshow.
 Ringella, Direktorin des Kaufhauses

Dann folgten die nötigen Angaben mit den Telefonnummern und den Vorsprechzeiten. Später wusste niemand mehr so genau zu trennen, was eigentlich Wahrheit oder Erfindung sei an den Vorkommnissen beim Bau des Kaufhauses. Tatsache jedoch blieb, je näher die Eröffnung heranrückte, desto mehr häuften sich die Pannen.

Rolltreppen, die schon reibungslos funktioniert hatten, streikten und blieben ohne Vorwarnung einfach stehen. Waren, auf die man sehnsüchtig wartete, landeten ganz woanders. Regale, äußerst stabil anzusehen, wackelten am nächsten Morgen ganz bedenklich.

Im Kaufhaus sprach Frau Direktorin Ringella gerade von einem ganz normalen Ablauf, wobei sie nervös an ihrer weißen Bluse zupfte und ihre rote hochgetürmte Haarfrisur abtastete, ob kein Härchen heraushing. Die hochgetürmte Frisur sowie die roten Haare passten zu ihrer hochgewachsenen Figur. Sie gab ihr etwas Königliches. Und sie hörte es nicht ungern, wenn man sie die rote Kaufhauskönigin nannte.

„Und was sagen Sie zu der alten Legende der verrückten Puppenmacherin?", fragten die Reporter Frau Ringella, die wieder einmal eingeladen worden waren, um Neues über das Kaufhaus zu berichten.

„Oh – oh – es ist eine alte Geschichte, die niemand glaubt. Wenngleich – wenngleich ..." Das genügte, dass alle nickten und lächelten und sich trotzdem bedeutungsvoll ansahen. Aber nun war diese neue, überaus wichtige Puppe Stella verschwunden. Eine weitere Panne!

Dann hing der Reporter vom Radio noch die Meldung dran, es würde auch nach einem vermissten Kind gesucht. Aber aus Gründen der Geheimhaltung müsse zu beiden Vorkommnissen auf genauere Angaben verzichtet werden. Doch es werde um Mitfahndung gebeten. Auch Kinder sollten die Augen offen halten.

Nun war es leider nichts Besonderes, dass in einer so großen Stadt mal wieder nach einem Kind gesucht wurde. Die Möglichkeiten, sich zu verlaufen, waren schließlich groß. Auch gab es unter den Kindern, das weiß man, kleine Ausreißer, die glaubten, woanders sei es auf jeden Fall besser als zu Hause. Und manche der Gründe waren sicher auch sehr ernst zu nehmen. Doch das alles müsste uns eigentlich nicht interessieren, wobei beide Vorkommnisse schon sehr traurig sind. Aber dafür ist schließlich die Polizei zuständig, wenn nicht Nadine, die Hauptperson dieser Geschichte, die gleich beginnen soll, für einen Augenblick aufmerksam zugehört hätte und dadurch von ihrem eigenen Kummer abgelenkt wurde. Dann aber schob sie das Gehörte in das hinterste Kästchen ihres Gedächtnisses. ... Doch erzählen wir der Reihe nach. Also es fing damit an:

„Nein, nicht zu Tante Britta!" Das schrie Nadine erbost. „Ich will nicht zu ihr. Ich kenne sie nicht einmal. Du kannst sie selbst nicht leiden. Aber ich soll zu ihr! Ihr seid schon eine Ewigkeit verzankt." Das war das Letzte, was ihr dazu einfiel. Einen Augenblick überlegte Nadine, ob sie das Buch, das sie gerade in den Händen hielt, in die Ecke feuern sollte. Aber Bücher behandelte sie immer mit großer Hochachtung und liebte sie. Bücher gehörten zu ihren bevorzugten Freunden. Also steckte sie es, wenn auch mit zittrigen Fingern, zurück in das Regal.

„Wie können Eltern nur so grausam sein?", murmelte sie anklagend und schaute zu ihrer Mutter hinüber.

„Na hör mal!" Ihre Mutter wich ihrem Blick aus und lachte verlegen. „Sieh es ein, es geht wirklich nicht anders, Nadine. Verdirb deinem Vater nicht die große Chance. Diese Einladung ist eine unverhoffte Auszeichnung für ihn, sein neues Buch vorzustellen und es im Rundfunk vorzulesen. Er hatte bisher noch keinen großen Erfolg mit seinen Büchern. Nun kommt dieses Angebot für ein Hörbuch von diesem Radiosender. Die Aufzeichnung wird sich nur über Tage hinziehen. Und du weißt, ich kann deinen Vater nicht allein lassen, er braucht seine Tabletten regelmäßig. Einer muss auf ihn aufpassen. Um sich kümmert er sich nicht sonderlich."

Ihre Mutter zeigte eine tiefe Sorgenfalte auf der Stirn. Sie schaute Nadine sehr traurig an. „Ja – ja ..." Eigentlich wollte sie sich recht ungezogen die Ohren zuhalten. Es war nichts Neues, was sie da hörte, es sollte nur nichts an ihrer ablehnenden Meinung, zu dieser Tante Britta abgeschoben zu werden, ändern. Wobei sie tief in ihrem Inneren diese Frage, ob sie nicht doch wollte, hin und her wendete.

Nun seufzte ihre Mutter verhalten. „Schön, dann bleibe ich hier und dein Vater fährt allein. Ich gebe ihm genau abgezählte Tabletten mit und ..."

„Oh nein, Mam, das geht auch nicht." Nadine trug jetzt eine ähnlich tiefe Sorgenfalte wie ihre Mutter auf der Stirn. „Dann siehst du mich mit solchen Augen an wie ein verirrtes Reh und ich sterbe an schlechtem Gewissen." Nadine setzte sich in einen Sessel. „Alle in der Klasse denken immer, es ist etwas Wunderbares, einen Vater zu haben, der Geschichten erfindet, noch dazu für Kinder. Aber sie wissen nicht, wie es nervt, mit halben oder Viertelgeschichten zu leben. Dann vergisst Paps, dass ich Nadine heiße, und spricht mit mir, als wenn ich Karla wäre. Nur weil gerade eine Karla die Hauptfigur in seiner Geschichte ist. Und nicht noch das: zu Tante Britta." Aber halb war sie schon weich gekocht, wie sie es nannte, wenn sie begann umzukippen. Ihre Stellung war nicht länger zu halten. Doch es sollte nicht ganz ohne Widerstand sein. Der Rückzug musste gedeckt werden.

„Ja, ich weiß das alles auch." Ihre Mutter lächelte verhalten. „Aber einen Vater zu haben, der jeden Tag in ein Büro geht – ob das besser ist?"

Jetzt sah Nadine ihre Mutter ebenso skeptisch an, wie die sie auch. „Hm."

Im Stillen hatte sich Nadine nun entschieden, diese ihr unbekannte Tante Britta doch kennenzulernen. Dabei wollte sie den geheimnisvollen Streit zwischen ihrer Mutter und deren Schwester Britta erkunden, der bis weit in die Kindheit zurückreichte. Hinzu kam, dass dieser Tante Britta alle Vorzeichen einer bösen Tante anhafteten. Sie war die ältere Schwester ihrer Mutter und sie waren verzankt. Von Beruf war sie Lehrerin. Hübsch wie ihre Mutter sollte sie auch nicht sein. Und sie lebte allein. Kein Mann hat sie also gemocht, tadelte Nadine sie in Gedanken. Sie besaß kein Kind. Es würden ihr noch mehr Nachteile einfallen. Leid tat sie sich schon jetzt. Aber es wäre wie eine Prüfung, wie in den Büchern ihres Vaters. Eine Bewährungsprobe, ein Abenteuer. Also so betrachtet ...

„Sie wird als Lehrerin allen Schulstoff mit mir durchnehmen wollen. Vielleicht ein Diktat zum Frühstück, Matheaufgaben als Nachtisch ..." Ein verdrucktes Kichern folgte.

„Ach hör auf, Nadine." Ihre Mutter sah sie voller Unbehagen an.

Es war für Nadine interessant zu beobachten, wie ihre Mutter schon wieder nachdenklich die Stirn in Falten zog. Wahrscheinlich tat sie es jetzt ebenso. Sie sollten sich so ungemein ähnlich sehen und das sollte sich auch in ihren Bewegungen ausdrücken. Was Nadine zwar gar nicht fand, wenn sie in den Spiegel sah. Aber auf gemeinsamen Fotos musste sie dem schon zustimmen. Und jeder, der Nadine zum ersten Mal sah, rief voller Überraschung: „Aber du siehst deiner Mutter ja verblüffend ähnlich! Dieselben dunkelgrauen Augen mit grünen Sprengseln darin, die gleiche Nase." Nadines Kummer. Sie dürfte ruhig schmaler sein. Deshalb zupfte sie oft daran und drückte die Nasenlöcher zusammen. Nein, sie wollte kein Abziehbild ihrer Mutter sein. Ihre Mutter war keine Riesin. „Ich werde bestimmt größer werden und laufe später in flachen Schuhen." Nicht wie ihre Mutter auf hohen Absätzen. Und es war ihr egal, ob sie ein paar Pfund mehr wog – später –, nicht so schmal in der Taille.

„Von hinten sieht deine Mutter ewig wie siebzehn aus", seufzten ehemalige Freundinnen neidisch.

„Also?" Ihre Mutter sah sie erwartungsvoll an. „Was tun wir?"

„Nun ja, da gehe ich eben zu Tante Britta. Ich weiß natürlich nicht, ob ich diese vierzehn Tage dort überlebe. Das solltet ihr wissen." Nadine schaute auf ihre Hauspantoffeln, um ihre Mutter nicht ansehen zu müssen.

„Weißt du ..., Britta sieht etwas sehr genau auf Ordnung, das solltest du auch wissen."

„Ich wusste, dass da noch etwas kommt." Es passte zum Bild einer strengen Tante.

„Wenn ihr etwas schief ging als Kind, sagte sie oft: Das ist keinen Vogelschiss wert." Ihre Mutter blickte in eine Vergangenheit, die sie nicht kannte, mit verträumten Augen und einem Zug um den Mund, den Nadine nicht zu deuten vermochte. Nadine spitzte die Ohren. Der Ausspruch mit dem Vogelschiss gefiel ihr ungemein. Ob das die Tante auch heute noch sagte, wenn es brenzlig wurde? Etwas lag da im Dunkeln. In einem sehr dunklen Dunkel. Ach, sie liebte dunkle Geheimnisse.

„Na, wir werden schon sehen. Jedenfalls nehme ich einige Bücher mit. Vielleicht gibt es keine bei ihr?"

„Oh, das nehme ich doch an. Britta war als Kind verrückt nach Büchern. Ich nicht so. Mir waren Puppen lieber. Und eine liebte ich ganz besonders." Ihre Mutter schloss den Mund fest zu, als habe sie zu viel gesagt. Dann stand sie erleichtert auf, strich sich eine blonde Strähne aus der Stirn, genau wie Nadine.

„Was habe ich doch für ein vernünftiges Kind", lobte sie.

Das glaubte Nadine von sich nun gar nicht, die abenteuerliche Pläne wälzte und düsteren Geheimnissen nachspüren wollte. Aber sie ließ ihre Mutter gern bei ihrer Ansicht.

Sie sah sich um in dem Zimmer, das ihr gehörte, mit einer Liege, Bücherregal, einem Teewagen, auf dem Pflanzen standen, und einem Schreibsekretär, an dem man ein Brett herunterklappte, um mit einem Stuhl davor bequem Hausaufgaben zu erledigen. Wie würde es bei dieser unbekannten Tante aussehen, die ihr jedes Jahr zu ihrem Geburtstag eine Karte schickte? Die Eltern erhielten eine zu Weihnachten, worauf immer dieser Satz nach den Weihnachtswünschen stand: Nadine ist eingeladen. Bisher wurde er immer überlesen, kaum beachtet. Und nun zum ersten Mal, da wirklich Not am Mann war, besann sich ihre Mutter auf die ewige Einladung ihrer Schwester. Wie hatte Tante Britta darauf reagiert, dass sie nun käme – neun Jahre nach ihrer Geburt? Das hätte sie wirklich gern gewusst. Ob ihre Tante ein Foto von ihr besaß? Wahrscheinlich nicht.

Nadine legte zwei Bücher auf den Tisch, ohne die fuhr sie nirgendwohin. In dem einen verwandelten Hexen mit kahlen Köpfen Kinder in Mäuse. Es war etwas unheimlich, machte aber auch Mut. Den konnte sie vielleicht brauchen bei dieser fremden Tante. Dann legte sie aber das zweite schon ausgewählte Buch zurück und nahm stattdessen ein Heft mit leeren Seiten. Vielleicht schrieb sie etwas hinein. Sie würde sehen. Auf ihre alten Jeans musste sie achten, dass sie mitkamen, und ein paar schon zu kurze T-Shirts und einen ausgeleierten Pullover, den sie gern trug. Auf feine Sachen sollte sich Tante Britta nicht freuen. Da sie ihre Tante nie gesehen und keine Vorstellung von ihr hatte, malte sie sich ein Bild von ihr, das sie immer wieder veränderte. „Britta hat dunkle Haare und ist etwas größer als ich." Mehr entlockte Nadine ihrer Mutter nicht.

„Wir haben uns fast fünfzehn Jahre nicht gesehen."

Das war eine Zeitspanne, die sich Nadine nicht vorstellen konnte, viele Jahre mehr, als sie selbst auf der Welt war. Wieso konnte man so lange aufeinander böse sein und noch länger? Zu viele Fragen für einen Anfang.

„Und wenn ich nicht durchhalte?", fragte nun Nadine verängstigt, verzweifelt, da nun das Auto fuhr und sie nicht gut auf halber Strecke aussteigen durfte.

„Ach, Nadine, fang nicht wieder an." Ihre Mutter sah sie entgeistert an. „Wir können jetzt nicht alles umwerfen. Mir ist auch nicht wohl, eher ganz erbärmlich, jetzt gleich meine Schwester Britta wiederzusehen. Also wenn du gar nicht dort bleiben willst, nehmen wir dich einfach mit. Aber wie es dann gehen soll, weiß ich auch nicht. Du musst dann einfach fast die ganze Zeit im Hotelzimmer bleiben.

Nun, das waren auch nicht die besten Aussichten. Nadine kam sich vor wie der Esel, der zwischen zwei Heubündeln wählen soll. Und dazu war es noch Freitag, der 13. Nicht, dass sie darauf geachtet hätte. Aber unter diesen Bedingungen musste es geradezu schief gehen, was sie auch wählte.

Jetzt waren sie in großer Eile. Ihre Mutter biss sich nervös auf die Lippen. Nadine ertappte sich dabei, dass sie es auch tat. Unterwegs musste ihr Vater ein Rad auswechseln, was Zeit kostete, nicht eingeplante Zeit. Sie fuhren durch die große Stadt, in der ihre Mutter geboren worden war, auch ihre Schwester. Mitten durch die Stadt suchten sie sich ihren Weg, denn genau am anderen Ende wohnte diese Tante Britta in einer so neumodischen Siedlung. Nun ... nun trennten sie kaum noch ein paar Radumdrehungen. Tante Britta wollte bei den Mülltonnen stehen, da gab es auch den Parkplatz. Dort könne man auch umlenken, und gleich daneben wohne sie, hatte sie am Telefon erklärt.

Ja und das musste sie sein! Eine Frau mit dunklen Haaren ging ungeduldig auf und ab. Jetzt lief sie dem Auto entgegen. Nadine erhaschte ein Lächeln in ihrem Gesicht, was gleich darauf wie weggewischt schien, sodass sie glaubte, sie habe sich getäuscht.

Ihre Mutter stieg als Erste aus und ging ihrer Schwester entgegen. Mehr als einen Händedruck gab es nicht.

„Wir sind leider mit Verspätung da, entschuldige, Britt", murmelte ihre Mutter. „Es ist wirklich sehr entgegenkommend, dass du Nadine bei dir behalten willst, während wir ..."

„Ist schon gut", unterbrach sie Britta. „Es ist für mich eine Abwechslung. Und ich lerne Nadine endlich kennen."

Ihr Vater war nach einer kurzen Begrüßung dabei, misstrauisch um das Auto herumzugehen, mit den Fußspitzen gegen alle vier Räder zu klopfen. „Darf uns nicht noch einmal passieren", schimpfte er leise.

„Die Leute vom Rundfunk warten auf uns", sagte ihre Mutter nervös. „Also deshalb ... Pass mir gut auf Nadine auf, Britta. Es wird ein Kind gesucht. Dir ist schon einmal etwas verloren gegangen. Und pass auf dich selber gut auf, Nadine. Lauf nicht jedem Abenteuer hinterher, von dem du annimmst, es ist eins und für ein neues Kinderbuch deines Vaters geeignet."

„Keine Bange, ich halte mich schon aus allem heraus", versprach Nadine hastig mit einem Seitenblick zu ihrer Tante Britta.

„Bringt auch nichts, nur Ärger", murmelte die Tante, sodass es alle hörten.

Neugierig schaute Nadine zwischen ihrer Mutter und Tante Britta hin und her. Beide zeigten ein verschlossenes Gesicht.

„Ach Britta", brachte Nadines Mutter schließlich hervor, „wir sollten ... sollten ... sollten wir nicht ... Es liegt alles so weit zurück. Damals waren wir noch Kinder." Da hupte es mahnend.

Nadine wurde umarmt. Ihr Vater und ihre Mutter drückten sie an sich. „Ach meine kleine Nadine, benimm dich. Ich rufe dich morgen an. Du wirst es schon schaffen."

Ihr Koffer und ihr Rucksack standen plötzlich zu ihren Füßen. Die Erwachsenen tauschten noch eilige Worte. Dann rollte das Auto wieder. Ihre Mutter winkte, warf ihr hastig eine Kusshand zu. Nadine stand verdutzt neben ihrer Tante.

„Na, dieser Abschied war keinen Vogelschiss wert", sagte ihre Tante. „Die Begrüßung auch nicht. Also – du bis Nanni?"

„Nadine", korrigierte Nadine und sah ihre Tante an. „Das mit dem Vogelschiss stimmt also."

„Dann eben Nadine. Also Willkommen. Vierzehn Tage sind nicht lang. Wir werden es miteinander aushalten, denke ich. Das mit dem Vogelschiss hat dir deine Mutter schon erzählt?" Tante Britta lief mit Nadines Koffer in einer Hand die Stufen hoch. Nadine folgte ihr langsamer, den Rucksack achtlos mitschleifend. Wie so ein Rucksack, den man abgestellt hatte, kam sie sich auch vor.

„Merk Dir: An unserem Haus ist vieles grün, die Haustür, die Fensterrahmen, die Treppengeländer, auch die Geländer draußen vorm Haus. Die anderen Häuser haben das in Rosa, Gelb oder Blau. Später wiederholt sich das. Unsere Straße ist die Erich-Kästner-Straße."

„Emil und die Detektive", murmelte Nadine.

„Richtig, die ganzen Straßen hier tragen Namen von Schriftstellern und Dichtern. Denen, die es bestimmt haben, ist wohl nichts anderes eingefallen: Thomas-Mann-Straße, James-Krüss-Straße, Wilhelm-Busch-Straße. Soll wohl den Eindruck machen, hier wohnen alles Leute, die gern lesen."

„Das verkaufte Lachen, Max und Moritz." Zu Thomas Mann konnte Nadine nichts beisteuern.

„Hm ... hm. Kenne die Bücher. Habe sie sogar."

Das klang verheißend in Nadines Ohren. Sie wollte schließlich gerecht sein, nahm sie sich vor. Verstohlen musterte sie ihre Tante und kam zu dem Ergebnis, so übel sehe sie nicht aus mit ihrem modernen Kurzhaarschnitt und den dunklen Haaren. Das ‚ohne Mann' musste wohl andere Gründe haben.

Die Wohnung lag im Erdgeschoss, gleich links. Wenige Stufen führten hinauf. Das Treppengeländer glänzte tatsächlich in Grün und der Rahmen der Tür auch, die ihre Tante jetzt aufschloss. An der Tür hing ein Willkommenskranz. Nadine holte tief Luft, als sie eintrat.

„Zieh die Schuhe aus, ich habe helle Teppiche." Tante Britta deutete auf einen Stuhl neben einer grünen Garderobe.

Nadine sah einen weißen Teppich mit schwarzen Katzen darauf. Es gab viele Teppiche in dem großen Zimmer. Keine Türen, auch nicht zur Küche. Vor dem Wohnzimmer eine Glastür, die auf die Terrasse führte. Nadine nickte beifällig. Das ist ein Fluchtweg, registrierte sie. Die Vorsaaltür kann man abschließen, aber über die Terrasse würde sie fliehen, wenn sie es nicht mehr aushielt. Das war gut zu wissen.

Es gab aber doch Zimmer mit Türen, wie sie gleich darauf feststellte: Toilette, Bad, die Schlafstube ihrer Tante und noch eins, dessen Tür ihre Tante jetzt öffnete.

„Du kannst dieses Zimmer als deins betrachten, solange du hier bist."

„Hm, nicht übel", dachte Nadine überrascht, als sie es musterte. Regale mit Büchern, Kinderbüchern, wie sie feststellte. Eine Eckbank mit Tisch davor, ein heller Ledersessel mit einer wippenden Fußstütze, ein Sessel zum Nachdenken und schmökern. So was fehlte ihr zu Hause in ihrem Zimmer. Nadine sah sich darin sitzen und tief nachdenken und in ihr Heft schreiben. Wie gut, dass sie es mitgenommen hatte. Dann stellte sie fest, auf dem Tisch stand ein sehr schöner Blumenstrauß, in dem Rosen, blaue und weiße Glockenblumen blühten. ‚Für mich?', fragte sich Nadine und steckte ihre Nase in eine der Rosenblüten. Oder stand einfach öfters ein Blumenstrauß auf dem Tisch? Hm? Sie schaute abwartend zu Tante Britta.

„Das Bett schiebst du am Morgen zusammen." Ihre Tante zeigte jetzt auf ein Ziehharmonikabett, worauf bunt gemusterte Kissen und Decken sich bauschten. „Ich liebe Ordnung", sagte Britta.

„Schon kapiert", meinte Nadine. Eigentlich wollte sie sagen, das weiß ich schon von meiner Mutter, aber sie unterdrückte es. Noch immer wusste sie nicht, wie sie zu Tante Britta stand.

„Wasch dir die Hände, wir essen gleich."

Sie blieb allein und Nadine setzte sich auf das bunte Bett. Aus dem Rucksack packte sie ihre geliebte alte Jeans aus und zog sie an. Da entdeckte sie auf dem bunten Bett einen sorgsam gefalteten Schlafanzug. Etwas verwundert griff sie danach. Nachtwäsche lag in ihrem Koffer und sie hatte sich ein besonders langes Sleepshirt mit einer Rüsche am Saum mitgebracht. Als sie die Hose prüfend an ihren Körper hielt, stellte sie fest: Sie war zu kurz. Natürlich, ihre Tante besaß kein Auge für Kindergrößen.

„Ich trage keine ausgewachsenen Sachen", sagte sie ziemlich laut.

„Ach, passt er nicht?" Ihre Tante stand wie ein lautloser Schatten im Türrahmen. „Ich habe noch einen, Nadine", versicherte sie rasch. Hastig, etwas zu eilig, als wolle sie einen Irrtum ganz schnell korrigieren, öffnete Britta ein Schrankfach, griff hinein und gab Nadine mit einem schmalen Lächeln einen anderen Schlafanzug, noch in der Klarsichtfolie.

„Wow", brachte Nadine verblüfft hervor. Auf dem Oberteil war ein Pirat mit Augenklappe aufgedruckt und die Hose leuchtete in einem brennenden Rot. Der Anzug schlug ihr Schlafshirt um Längen.

„Wow", wiederholte sie anerkennend, „der passt."

Tante Britta nickte und Nadine glaubte, eine aufblitzende Zustimmung in ihrem Gesicht zu sehen. Als Tante Britta erneut gegangen war, und dieses Mal schloss sie die Tür hinter sich, konnte Nadine nicht widerstehen. Sie musste das Fach öffnen, aus dem ihre Tante den Schlafanzug geholt hatte. Beschämt starrte sie auf einen niedlichen Berg von Schlafanzügen in den verschiedensten Farben und Mustern. Auf einigen der Klarsichttüten klebte ein Zettel: geeignet für vier Jahre. Auf einem anderen las sie: für sechs Jahre. Als habe sie sich verbrannt, schlug Nadine die Schranktür zu und starrte sie an, als wäre da etwas dahinter, was sie schnell wieder im Dunkeln lassen wollte.

„Wow", stieß sie jetzt atemlos hervor, als wäre sie zu schnell gelaufen, und so war ihr auch.

Nach dem Abendessen besichtigte sie die Terrasse. So einen Austritt gleich in die Freiheit gab es zu Hause nicht. Die Terrasse eroberte Nadines Herz sofort.

„Die ist aber pfundig." Als höchste Anerkennung gebrauchte Nadine bewusst den Lieblingsausdruck ihrer Mutter aus der Kinderzeit. („Was heute für euch cool ist, war bei uns pfundig.") Worauf ihre Tante sich hastig zu ihr umdrehte. Nadine hörte, wie sie geräuschvoll Atem holte, als wäre ihr die Luft knapp. Gleich darauf sagte sie sehr ruhig: „Man kann dafür auch ‚schön' sagen."

Nun kommt die Lehrerin bei ihr durch, murrte sie innerlich. Doch zu ihrer eigenen Überraschung fand sie es gar nicht so schlecht, eine klare Antwort zu erhalten, ohne direkten Tadel. Wie ein Weg, der geradeaus führt. Nicht ganz genau so, aber etwas in der Art ging Nadine durch den Kopf. Tief sog sie die Luft ein. „Hier kann man ja das Wetter riechen." Jetzt roch es nach feuchter Abendluft und einer Prise Lavendel.

Mit grauen Steinfliesen ausgelegt breitete sich die Terrasse zu einem schönen weiten Rechteck aus. Jetzt in der beginnenden Dunkelheit empfand Nadine sie wie ein Floß, das dahintrieb und sie trug. Am Tag würde es vielleicht anders sein. Es blieb abzuwarten.

Dahinter fiel ein kleiner Abhang ab. Darunter führte ein schmaler Weg vorbei, verdeckt durch Sträucher und Bäume. Und direkt neben der Terrasse gab es einen schmalen Rasenstreifen, der nach links und rechts zu weiteren Terrassen führen musste, vermutete Nadine. Gartenmöbel standen vor einem niedrigen Mäuerchen, an dessen aufgesetztem Gitter Geranientöpfe hingen, die üppig blühten. Überhaupt blühte hier vieles zwischen den Erdflecken zum Nachbarn. Ihre Tante musste Blumen lieben.

Die zeigte jetzt nach rechts. „Die Nachbarn sind im Urlaub." Nun, das hätte sie auch vermutet, als sie die geschlossenen Rollläden vor der Terrassentür und den Fenstern wahrnahm.

„Und bis gestern wohnte da drüben niemand." Tante Britta deutete nun nach links. „Heute früh scheint da jemand eingezogen zu sein. Ein Möbelwagen stand am Morgen hier. Man weiß ja nie, wen man da als Nachbarn bekommt. Doch darum kümmere ich mich kaum." Ein Schniefen durch die Nase unterstrich das.

„Und freu dich bloß nicht auf Kinder. Hier gibt es kaum welche."

Nach so viel Belehrung inspizierte Nadine den Rasenstreifen, um neugierig einen Blick nach der fremden Wohnung zu werfen, die ein Stück zurück hinter einer geschlossenen Terrassentür lag. Auf den Steinfliesen der Terrasse standen ein paar Holzkisten, als habe man sie vergessen. Bei einem Einzug durchaus nichts Ungewöhnliches. Und doch – sie standen da so unbewacht, ein wenig einsam. Nadine verspürte sofort große Lust, sich darum zu kümmern. Wiederum guckten die Kisten so abweisend, als ginge sie das nichts an. Womit sie sicher recht haben, dachte Nadine leicht verdrossen. Aber es wäre schließlich so etwas wie ein Zipfelchen Abenteuer gewesen. Denn ganz im Gegensatz zu ihrer Tante fand sie durchaus Gefallen daran, sich um fremde Nachbarn zu kümmern. Als sich aber so gar nichts rührte, ging Nadine zurück mit dem unbehaglichen Gefühl, etwas ausgelassen zu haben.

Wenig später wünschte ihre Tante ihr eine ‚Gute Nacht'. Wie sie so im Türrahmen stand, musste Nadine sie einfach genauer ansehen. Sie blickte in ein sehr ruhiges, beherrschtes Gesicht mit schönen grauen Augen, die sie kannte. Sie selbst und ihre Mutter besaßen solche.

„Denk daran, was man in der ersten Nacht in einem fremden Bett träumt, geht in Erfüllung. Wenn du an so was glaubst?"

„Glaub ich nicht", betonte Nadine.

„Wir werden es morgen früh wissen. Wenn etwas nicht so ist ... ich schlafe gleich gegenüber." Tante Britta verschwand mit einem Nicken und einem flüchtigen Lächeln. Nadine besaß ein feines Gespür für Dinge, nach denen man nicht fragte oder über die man nicht sprach. Bei Tante Britta beschlich sie ein Gefühl, als sei sie ein Gefäß, an das man mit harmlosen Worten klopfte, wie mit dem Fingerknöchel an Teller und Tassen, um zu prüfen, ob sie völlig intakt wären. Deshalb verärgert griff sie sich ein Buch. Mit neugierigen Augen starrte sie dann im Liegen zur Decke hinauf. Schließlich schlug sie das Buch wahllos an einer Stelle auf und las: „Hinter dem wilden Wald kommt die weite Welt, sagte die Ratte." Nadine schauderte. Sie las weiter: „Und die geht uns nichts an, dich nicht und mich nicht. Ich war noch nie drin, und ich gehe auch nicht hinein, und du schon gar nicht, wenn du ein bisschen Verstand hast."

Ganz plötzlich fröstelte Nadine. Gerade wollte sie nachsehen, welches Buch sie da erwischt hatte, das ihr empfahl, sich nicht einzumischen (es war: Kenneth Graham, Der Wind in den Weiden), da packte sie eine heftige Müdigkeit und die legte sich wie eine dunkle Decke über sie. Das spitze Gesicht der Ratte kam auf sie zu. Dann aber setzte die Ratte eine blonde Perücke auf ...

   Nadine schlief fest.

Das zweite Kapitel und eine Abendfahrt

Zu der Zeit, als Nadine einschlief, rumpelte ein Möbelwagen durch die stiller werdenden Straßen. Ihm folgte, im Schritt fahrend, eine schwarze Kutsche, gezogen von einem schwarzen Pferd. Vor Kurzem hatten die Theater und die Oper in der Stadt ihre Aufführungen beendet. In der Garderobenabgabe der Oper hatte sich die Frau hinter dem Abgabetisch, Louise Larsen, beeilt und hastig die letzten Mäntel und Jacken den Wartenden gereicht. Dabei versicherte sie: „Es war eine sehr schöne Aufführung." Das gab sie jeden Abend den Besuchern mit auf den Heimweg. Mit einem Lächeln unterstrich sie das, was sie ausdrücken wollte, nämlich, wie wichtig eine gute Theateraufführung am Abend sei. Und sie war jedem Einzelnen dankbar, der am Schluss des Tages den Weg in ein Theater oder zu ihr in die Oper fand. Auch wenn sie nicht auf der Bühne gestanden hatte, sie gehörte mit zur Oper.

„Ja, es war wirklich schön", bestätigte ihr die Dame in einem glänzenden blauen Kleid und nahm ihren Schal entgegen. Louise strahlte, dabei verschwanden fast alle feinen Fältchen aus ihrem Gesicht und ließen es jung erscheinen. Es ging ihr flott von der Hand. An dem warmen Sommerabend hatten die meisten Besucher auf eine wärmende Hülle verzichtet. Doch nun drang eine plötzliche feuchte Kühle durch die offen stehenden Türen. Fest verschloss sie alle, bis auf eine. Louise Larsen warf mit Schwung ein nachtschwarzes Cape über ihre schmalen Schultern, das sie sich aus der Requisite geborgt hatte, dann rückte sie ihre rote Perücke zurecht, die auch von dort stammte. Jeden Abend trug sie eine andere, mit der tiefen Überzeugung, damit zum Gelingen der Aufführung beizutragen. Unter der Perücke wurde sie zu einem anderen Menschen. Aus einer gewöhnlichen Garderobiere verwandelte sie sich in einen Theatermenschen.

Ihr Gesicht drückte jetzt große Zufriedenheit aus. Mit einer schönen Geste winkte sie ihren Kolleginnen zu. Auch einer namhaften Sängerin, die ihr einen verwunderten Blick zuwarf. Doch unbeirrt stieg sie sehr aufrecht in die vor der Tür wartende schwarze Kutsche. Teils mit offenem Mund sah man ihr nach.

Sie freute sich auf die nächtliche Fahrt zu ihrer neuen Wohnung. Zwei Paar eifrige Hände reichten ihr einen riesigen gebogenen Vogelkäfig in den Wagen. „Viel Glück", wünschte ihr jemand. Neben den Vogelbauer auf dem Sitz stellte sie den Katzenkorb mit dem schlafenden dicken Kater Cyrill. Der Ara im Käfig, ein grün-roter Papagei, schnarrte: „Hier Theodor ... hier Theodor."

Andere Leute zogen am Tag um, wie üblich. Frau Louise Larsen wollte nicht das Übliche. Sie war nicht mehr jung, also würde es voraussichtlich ihr letzter Umzug sein, und den wollte sie ohne Hektik durchführen. So schön gestaltet wie eine Theateraufführung, an die man sich gern erinnerte. Natürlich gab es auch noch einen anderen triftigen Grund für die Kutsche. Den Vogel samt dem riesigen Käfig in ein Taxi zu zwängen, hätte den Vogel nur geängstigt. Die Kutsche war von ihr bei einem Hochzeitsausstatter bestellt worden und sie war recht froh darüber, dass dieser auf eine weiße Hochzeitskutsche verzichtet und ihr diese sehr viel schlichtere schwarze geschickt hatte. Dafür trieb er wahrscheinlich den Preis tüchtig hoch. Sie würde die Kutschfahrt einfach zu den Ausgaben für den Umzug rechnen.

So saß sie jetzt still zurückgelehnt in der Kutsche, dachte voller Bewunderung an die Aufführung, die ein Ballett gewesen war. Drei der Tänzer würden ihr beim Tragen der Kisten helfen. Sie schmiegte den Kopf an die Rückenlehne, stand aber gleich wieder auf, um sorgfältig ein Tuch über den Käfig zu hängen.

„Die Nachtluft ist kühl, Herr Theodor", sagte sie fürsorglich.

„Hier Theodor ... hier Theodor", krächzte der Vogel.

„Schon gut", dämpfte Louise Larsen den Papagei.

Gerade wollte sie sich weiter an der Fahrt erfreuen, ihr Blick glitt über die dunkel aufragenden Häuser, sie sah hinauf zu der schmalen Mondsichel über ihr, sog gierig die kühle Nachtluft in die Lungen, als das Pferd heftig wieherte, die Kutsche gefährlich ins Schlingern geriet, der Kutscher ein scharfes und befehlendes: „Brrr!" ausstieß. Dann folgte ein ärgerlicher Fluch. „Verdammt, was treiben die da vorn?"

Die Räder des Möbelwagens quietschten schrill. Schon kletterte der Fahrer vom Kutschbock. Vorn schlug die Fahrertür vom Möbelwagen auf. Plötzlich stand da ein Grüppchen Menschen auf der Straße und versperrte ihr die Sicht. Da sich niemand um sie kümmerte, raffte sie ihr Cape und stieg ohne Hilfe aus. Alle starrten wie versteinert auf etwas, was da auf der Straße lag.

Der Fahrer vom Möbelauto, seine Schirmmütze in den Händen ständig umherdrehend, stöhnte ein „Oh ... oh ... oh ..." und konnte damit nicht aufhören.

Der Mann vom Kutschbock stotterte: „Das ist ... das ist doch ... ein Kind ... ein Kind ..." Louise schob den Fahrer der Kutsche nach rechts zur Seite, den Chauffeur vom Möbelauto nach links und trat an beiden vorbei nach vorn. Der Anblick ließ sie einen kurzen Augenblick stutzen. Eingehend betrachtete sie erschrocken die kleine Gestalt auf der Straße vor den zwei riesigen Rädern des Möbelautos.

„Nein", sie schüttelte abwehrend den Kopf. „Das ist kein Kind", flüsterte sie dann beruhigend in die Nachtluft. Nachdenklich sah sie in das Gesicht mit den geschlossenen Augen. „Das ist eine Puppe. Eine ganz ungewöhnlich schöne Puppe, und sie hat Schlafaugen. Das sehe ich mit meinen Theateraugen. Dort lernt man, genau hinzusehen, um Schein und Sein zu trennen, auch wenn man nur die Garderobe abnimmt und ausgibt. Man sitzt mitunter auch in den Proben."

Dann, äußerst angetan, nahezu entzückt, beugte sie sich hinunter zu der Puppe, die groß wie ein Vorschulkind war und da lag, hingestreckt auf dem Rücken, Arme und Beine auf dem Pflaster leicht verkrümmt. Der Nachtwind bauschte ihr Kleid. Im Schein einer Laterne und der Lampen am Möbelauto leuchteten ihre blonden Haare ganz hell.

Trotz der Versicherung, es sei nur eine Puppe und auch die sei unversehrt, wollte das niemand so richtig glauben. Man schwieg weiter verstört. Erst als Frau Larsen nach ihr griff, sie aufhob, zart, voller Mitgefühl für die weichen Puppenarme und -beine und sie an sich drückte, atmeten alle hörbar auf.

„Wie kommt so was mitten auf die Straße?!" schimpfte der Fahrer vom Möbelauto jetzt lauthals. „Die Leute verlieren immer mehr, ohne sich darum zu kümmern." Er war froh darüber, seine Angst in gerechten Zorn umwandeln zu dürfen.

„Nun geht's weiter, Madamchen", meinte der Kutschfahrer und half ihr galant in den Wagen. Louise setzte die Puppe auf den freien Platz neben dem Vogelkäfig. Der Ara krächzte ein verschlafenes „Hier Theodor".

Zunächst mit ungläubigem Staunen ruhten Louises Augen auf der Puppe. Die saß ihr gegenüber, als gehöre sie hierher. Fast würde sie schwören, die Puppe drücke wie sie den Kopf gegen die Polster. Die Puppe sah sie aus geöffneten Augen an – und sie lächelte.

Das wusste Louise Larsen nun genau: Als sie auf dem Pflaster gelegen hatte, war kein Lächeln im Gesicht der Puppe gewesen, eher eine große Traurigkeit.

„Ich werde dich Stella nennen", sagte sie sehr ernsthaft zu der Puppe, „dass alles seine Ordnung hat. Stella scheint mir passend. Stella erinnert an einen Stern, und wie ein Stern scheinst du mir vom Himmel gefallen zu sein." Einen Augenblick schaute sie hinauf zum Himmel, ob sie eine Lücke entdecke. „Wo magst du nur her sein?"

Etwas hatte Nadine geweckt nach Stunden oder nach Minuten, etwas, das schleifte. Ein schabendes Geräusch. Etwas, was eigentlich kein Geräusch machen wollte. Dafür flüsterten Stimmen, die verklangen um eine Ecke. Welche Ecke? Wo war das?

Nadine strengte sich an, klar zu denken, die letzte Müdigkeit abzuschütteln. Jeden Lärm vermeidend, schlich sie hinüber in das Wohnzimmer ihrer Tante. Sehr, sehr vorsichtig öffnete sie dort die Terrassentür, trat hinaus und da bemerkte sie die schwarze Kutsche auf dem Parkplatz. Wie eine seltsame schöne Illustration aus einem Kinderbuch stand sie da. Keine königliche Kutsche, eher wie eine Reisekutsche, in der man früher über Land fuhr. So kam sie Nadine vor. Die Fremde nebenan musste angekommen sein. Wieso dachte sie dabei an eine

Frau? Aber das wusste sie selbst nicht zu sagen. Und ob es stimmte ebenso wenig.

Nadine sah noch einmal hin. Beleuchtet von dem verschwimmenden Licht zweier Laternen und einer blassen Mondsichel stand sie dort. Das Verdeck hochgeklappt. Nadine traute ihren Augen nicht, da winkte ihr eine Hand in einem weißen Handschuh zu. Durch die Finger wirbelte ein dünner Taktstock. Es muss am Mondlicht liegen, dachte Nadine.

Über den kleinen Weg vom Parkplatz herauf schritten mehrere merkwürdige Gestalten hintereinander, schwenkten in einem Bogen zum schmalen Rasenstreifen, um dann bis zu der fremden Terrasse zu kommen. Jeder von ihnen trug, schleppte oder balancierte irgendeinen Gegenstand. Nadine bemerkte einen Stuhl, der hochgehalten wurde. Eine andere mühte sich mit zwei Koffern ab. Gebückt buckelte eine Frau mit um den Kopf gebundenem Tuch eine Kiste.

‚Schatzkiste?', dachte Nadine sofort. Piraten, Feengestalten, Märchenfiguren, Figuren, die aus einem Film ausgerückt waren? Wer sind sie? Das fragte sich Nadine verblüfft, als das alles nicht etwa lautlos geschah, und wischte eine eventuelle Sehstörung weg, indem sie sich über die Augen fuhr. Da gab es Wispern, Zischen, unterdrücktes Lachen, leise verstohlenes Rufen. Fast hing es wie Musik in der Luft. Nadine strengte sich an, alles zu hören. Für Augenblicke hielt sie die Luft an. Ihr schien, als gingen die seltsamen Menschen trotz ihrer Last ganz leicht. Gerade als sie loslaufen wollte, legte sich eine Hand auf ihre Schulter und hielt sie fest.

„Hiergeblieben", murmelte Tante Britta hinter ihr. „Neugierige Nasen fallen in den Dreck." Nadine entschlüpfte ein kleiner zorniger Schrei. Tante Britta stand da in einem sehr modischen Schlafanzug: schwarz mit einem verwegenen Muster darauf, in dem viel Rot vorkam. Bei jeder anderen Begegnung hätte ihn Nadine mit einem anerkennenden Pfiff bedacht. Jetzt wollte sie nur die feste Hand auf ihrer Schulter abschütteln.

„Wie kann man mitten in der Nacht einziehen? Das ist total ungewöhnlich oder man hat etwas zu verbergen", orakelte Tante Britta und schniefte durch die Nase. „Geht uns aber nichts an. Mischen uns da nicht ein. Hab so was aufgegeben. Gibt nur Ärger." Daraufhin starrten beide eine Weile in die Dunkelheit.

Nebenan schien das Grüppchen ungewöhnlicher Leute sich zu sammeln. Etwas davon zu erspähen gelang Nadine nicht, so weit sie den Kopf auch reckte. Nur gedämpftes Sprechen und ein Lichtschein verrieten ihre Anwesenheit. Wiederum verschmolz alles mit der Nacht und ihrer Dunkelheit. Sie flatterte wie schwarze Tücher zwischen hier und drüben.

„Da haben wir sicher noch einiges zu erwarten", mutmaßte Tante Britta. „Ich habe da so eine Ahnung. Aber wie gesagt, es geht uns nichts an."

Was die Ahnung betraf, stimmte Nadine ihrer Tante durchaus zu. Und sie setzte sogar ein „Hoffentlich" dazu. Obwohl es vielleicht nicht wirklich wichtig für sie war, wenn sie nur zwei Wochen bei ihrer Tante blieb. Trotzdem fühlte sie einen angenehmen Schauer über den Rücken rieseln, als winke da ein Abenteuer. Und sie hätte gar zu gern zurückgewinkt. Stattdessen sagte sie: „Hm, findest du das nicht gruselig?"

„Gruselig oder nicht, wir gehen jetzt ins Bett – beide." Tante Britta schob Nadine leicht vor sich her.

„Hast du die schwarze Kutsche gesehen?", erkundigte sich Nadine vorsichtig. „Wo sie bloß das Pferd dazu herhaben, es war gleichfalls schwarz."

„Nun, Nadine, du musst nicht gleich übertreiben", rügte die Tante ungehalten. „Ich sah ein Möbelauto. Vielleicht hatte es eine Panne oder es kam von sehr weit her. Deshalb ist es so spät geworden."

„Aber …", Nadine klappte den Mund wieder zu. Auf ihrem Ziehharmonikabett fand sie genügend Zeit, darüber nachzudenken. Die schwarze Kutsche sollte vorläufig ihr Geheimnis bleiben, sie hatte sie gesehen. Morgen würde sie Gelegenheit haben, die fremde Terrasse zu besichtigen. Dafür würde sie sorgen. Den Parkplatz abzugehen, war dagegen ein Klacks, um nach Pferdeäpfeln zu suchen.

Das Erste, was Nadine am Morgen tat, war zeitig aufzustehen und den Trainingsanzug anzuziehen. Dann stand sie vor dem Bett ihrer Tante und sagte gemacht fröhlich: „Guten Morgen. Ich gehe jetzt joggen."

„Barfuß?", wunderte sich ihre Tante und sah auf Nadines nackte Zehen. Sie gähnte herzhaft dabei. „Und so früh?"

„Ich habe Knick-, Senk- und Spreizfuß", behauptete Nadine beherzt und dachte an ihre Mutter. „Da ist es gesund, auf einer Wiese barfuß zu laufen, auf einer schmalen Wiese draußen", grenzte Nadine ein, als sie sich an den Rasenstreifen erinnerte.

Es konnte sein, ihre Tante verkniff sich ein Lachen. In ihren grauen Augen tanzten jetzt gelbe Teufelchen. Das brachte Nadine dazu, an die seltsamen Gestalten in der vergangenen Nacht zu denken.

Tante Britta schlüpfte in ihre Pantoffeln. „Hm ... so ... so", kam es von ihr. „Dann will ich mal das Frühstück richten. Also beeile dich etwas. Einen Schnupfen kannst du dir aber auch holen."

Neugierig sah Nadine auf die fremde Umgebung, dann musterte sie die Terrasse, an der sie laut atmend vorbeijoggte, um plötzlich anzuhalten. Neben den Kisten, die noch immer genau so da standen, wippte jetzt ein Schaukelstuhl mit seinem schwarzen eisernen Gestell, den geflochtenen Seitenteilen und der Rückenlehne. Darin saß ein Kind, ein Mädchen mit blonden wirren Locken, und lachte sie an.

Nadine joggte leicht auf der Stelle, starrte vor sich hin und wendete dann den Kopf, um das Lachen zu erwidern. Sie erwartete ein Winken, ein „Hallo", aber das Mädchen rührte sich nicht. Nur das Lachen blieb. Schließlich lief Nadine weiter, Eifer und Konzentration vortäuschend. Auf dem Steinweg und dem anschließenden Parkplatz tat das ungewohnte Laufen mit nackten Füßen höllisch weh. Spuren von Pferdeäpfeln fand sie keine, aber die konnte der Gärtner weggekehrt haben. Der Gärtner mit grüner Mütze verteilte gerade Mulch mit einer großen Schaufel zwischen den Büschen. Mit leisem Gruß und verstohlenem Hinken zog Nadine vorbei, den Schmerz von zwei angeschlagenen blutigen Zehen verbeißend.

Ihre Tante stellte fest: „Du bist schlecht trainiert", als sie ein Pflaster brachte.

„Nein", wehrte Nadine ab, „es fehlt einfach an mehr Wiese. Aber ich kann ja Turnschuhe tragen." Das Frühstück fand Nadine einfach gut. Auf Gartenstühlen auf der Terrasse zu sitzen, weiche Eier wie zu Hause an den Sonntagen zu essen, von einer Marmelade zu kosten, deren Name ihr unbekannt war, gefiel ihr. Als erste Sonnenstrahlen sie streiften, zog Nadine das zufriedene Gesicht eines Kindes, das Ferien hat. Aus einem leicht zu erratenden Grund war es ihr wichtig, sich das Wohlwollen von Tante Britta zu erhalten.

„Ich gehe dann einkaufen. Willst du mitkommen?" Das war eine Einladung. Sofort zog Nadine die Stirn in Falten. „Ich muss das bunte Bett zusammenschieben, dann meinen Koffer auspacken. Meine Mutter will anrufen. Es passt schlecht, Tante Britta." Nadine benutzte bewusst den Namen der Tante und legte sorgfältig die Serviette zusammen. Ihr Gesicht sah voll tiefem Bedauern zu Tante Britta hinüber. Die sagte trocken: „Verstehe schon. Du siehst jetzt aus, als wäre dir wieder eine schwarze Kutsche begegnet." Nadine zuckte zusammen. Ihre Tante musterte sie entschieden zu lange.

„Schön, wenn ich hupe, holst du mir eine der Taschen ab." Die Tante unterdrückte ein Lachen.

„Du bist ja ein Muster an Bravheit. Ich habe dich mir ganz anders vorgestellt. Oder ...?" Das Ende des Satzes blieb unvollendet und Nadine durfte daran rätseln. Sie kam darauf: ‚... oder Du täuschst mich.' Eine Auslegung, die ihr nicht sonderlich behagte.

„Ich soll dir keine Mühe machen", murmelte sie daher unsicher.

„Wenn das so ist", ihre Tante schien zufrieden oder tat wenigstens so.

Das Hupkonzert würde sie auch auf der Nebenterrasse hören. Um den Schein zu wahren, setzte Nadine ein eifriges Gesicht auf und marschierte locker in das kleine Wohnzimmer. Dort schob sie das Ziehharmonikabett zusammen. Sie reichte ihrer Tante noch zwei Einkaufsbeutel, zitternd vor Ungeduld, endlich allein gelassen zu werden.

Der Schaukelstuhl schaukelte immer noch. Nichts hatte sich verändert. Das Mädchen mit den Locken saß darin und lachte herüber. Zaghaft rief Nadine: „Hallo ... Du da?" Sie bekam zunehmend das Gefühl, da stimme etwas nicht. Da war etwas sonderbar. Das unklare Gefühl verstärkte sich, als sie auf den wippenden Stuhl schaute, worin dieses bewegungslose Mädchen saß. Nadine ging mit kleinen verzögernden Schritten näher. War ... war ... das Mädchen gar eine Puppe? Ein verrückter Gedanke. Aber Nadine fand keine Gelegenheit, das zu ergründen, denn eine Stimme rief: „Stella, kommst du endlich?"

Das war gespenstisch. Sie kannte niemanden hier außer ihrer Tante. Aber die Terrassentür stand offen – von dort war der Ruf gekommen. Er wiederholte sich mit einem verzweifelten Unterton. „Ach, Stella."

Die Puppe saß noch genau so da und der Schaukelstuhl schaukelte. Sonnenstrahlen tanzten über die Steinfliesen. Die Kisten schienen zu träumen. „Komm schon."

Na ja, wenn sie so aufgefordert wurde. Trotzdem zögerte sie noch immer. Aber dann trat sie doch näher. In der fremden Wohnung hockte auf einer Kiste, etwas schief, sich aufstützend, eine ältere Frau in einem weiten bunten Rock, der ausgebreitet wie ein Fächer war. Ihrem weißen verzerrten Gesicht sah Nadine sofort an, dass es ihr nicht gut ging.

„Du bist natürlich nicht Stella", sagte die Fremde, dabei tief ein- und ausatmend, „obwohl du ihr sehr ähnlich siehst, meiner Puppe Stella. Erstaunlich, geradezu verblüffend." Die rothaarige Frau stöhnte verhalten auf.

Die jäh aufgeflammte Sympathie für die fremde Frau verwandelte sich blitzschnell in Ablehnung. Nadine wollte nicht schon wieder jemandem ähnlich sehen. Schon gar keiner Puppe.

„Ich habe mir etwas verrenkt. Eine Art Hexenschuss, dazu den Knöchel vertreten oder so was. Ich weiß es nicht genau.

Ich weiß nur, ich hocke seit Stunden auf dieser vermaledeiten Kiste und kann nicht aufstehen. In meiner Verzweiflung habe ich nach Stella gerufen, der Puppe draußen. Was völlig verrückt war. Aber es hat geholfen, dich schickt der Himmel."

Die Frau, die sich da auf der Kiste sitzend ein Lächeln abquälte, sah trotz ihrer Blässe, und obwohl sie nicht mehr jung war, sehr anziehend aus. Viel steuerten dazu die roten Haare bei, in denen Nadine ein Knistern hörte. Ihre anfängliche Zuneigung kehrte zurück, wenn auch mit etwas Vorsicht gemischt.

„Über mein Handy habe ich heute früh den Arzt angerufen, weil es nicht besser wurde. Er meinte, eine Spritze werde sicher helfen, aber der Fuß muss geröntgt werden." Ein Seufzer folgte. „Sie könnten gleich hier sein. Wie heißt du?"

„Nadine", stotterte sie. Das hier durfte nicht wahr sein.

„Ach ja?" Die Frau im bunten Rock nickte. „Ich bin Louise Larsen. Also wenn du ein einigermaßen vernünftiges Mädchen bist, dann hilfst du mir. Woher kommst du?" Die Holzperlenketten auf ihrer Brust klapperten leise aneinander, als sie sich vorbeugte, um Nadine genauer zu sehen.

„Von nebenan. Meine Tante wohnt dort." Nadine wedelte mit einer Hand.

„Bestens, ich habe auch keine Wahl. Ich muss dir einfach vertrauen. Nimm den Schlüssel dort, mit ihm kannst du die Terrassentür von außen abschließen. Würdest du mir die Blumen gießen und den Kater füttern? Futter ist in irgendeiner Kiste. Ich bin bald zurück." Die Frau sah Nadine bittend an und sie hob eine Hand dazu, was ihr Mühe machte. „Ja und wenn du die Puppe hereinholen würdest, ehe es vielleicht regnet. Sie ist sehr empfindlich."

Ihre Stimme klang angenehm, manchmal beschwörend. Die Worte kamen fließend, nur gelegentlich von einem kleinen Stöhnen begleitet. Wenn die Frau, die an einen bunten Vogel erinnerte, Nadine ansah, blitzte ein Lächeln auf, flüchtig. Schon im Ansatz wieder vergehend. Wie ein roter Feuerball leuchteten die Haare und sie passten zu den tiefblauen Augen.

„Na ja", brachte Nadine gedehnt heraus. „Ich würde schon ... ich weiß nur nicht, was meine Tante dazu sagen wird." Nadine packte ein ungutes Gefühl. „Am Besten, wir mischen uns nicht ein", klang es ihr in den Ohren.

„Dann behalte es für dich", sagte die Frau leichthin. „Es ist ja nicht viel, was du tun sollst. Ach ja", Louise hielt inne, „da wäre auch mein Ara Theodor. Jetzt schläft er noch."

Ein Ara? Nadine sah sich verdutzt um. Eine Puppe, einen Kater, einen Vogel – das ist vielleicht etwas viel. Nadine bekam zunehmend das Gefühl, dass sie lieber gehen würde.

„Ich bin vom Theater. Ich liebe den schönen Schein", erklärte die Fremde. „Hast du ein Handy? Dann gib mir für alle Fälle deine Nummer, Nadine. Und gehe sorgfältig mit dem Schlüssel um."

Ja, die Nummer hatte sie aufgeschrieben. Der Zettel steckte in einer kleinen Geldbörse in ihrer Jeans. Ihre Mutter dachte immer an so was. Sie gab den Zettel der rothaarigen Frau Larsen.

„Es tut höllisch weh", stöhnte sie dabei auf und nahm eine andere Haltung auf der Kiste ein. „Bring mir bitte ein Glas Wasser."

Als Nadine sich suchend umsah, sagte Louise: „In der Küche steht bestimmt eins. Die Küche ist fast eingerichtet. Da findest du auch den Katzenkorb. Nur der Kater ist weg." Am Wasserhahn über der Spüle füllte Nadine ein Töpfchen. Sie hatte es kaum abgeliefert, als sie es dreimal hupen hörte.

„Gut, ich tu's", versicherte sie rasch. „Das ist meine Tante, die ist vom Einkaufen zurück." Ohne weiter zu überlegen, griff Nadine nach dem Schlüssel und ließ ihn in ihre Hosentasche gleiten. „Gute Besserung", rief sie noch, als sie nach draußen stolperte. „Ich bin dann gleich zurück."

„Höre ... höre, Nadine: Der Kater heißt Cyrill. Er muss sich irgendwo versteckt haben bei dem Rummel heute Nacht!", wurde ihr nachgerufen.

„Ja." Nadine verharrte. Dann drehte sie sich um und kam in aller Eile zurück. „Sie sind doch heute Nacht mit der schwarzen Kutsche gekommen?", fragte sie hastig. „Waren Sie außer dem Ara, dem Kater und Stella ganz allein in der Kutsche?"

„Hast du jemanden gesehen?" Die rote Perücke verrutschte Louise um eine Winzigkeit beim Aufrichten. Ihr Gesicht war voller Aufmerksamkeit. Nadine log. „Es war nur so eine Frage."

Doch dann dauerte es länger, als Nadine gedacht hatte. Tante Britta verfügte über das Talent, in kurzer Zeit eine Menge einzukaufen.

„Wie hast du das geschafft?" wunderte sich Nadine und begutachtete einige Tüten und volle Taschen. Dabei warf sie einen prüfenden Blick über den Parkplatz, ob ein Notarztauto mit Blaulicht auftauchte. Aber vielleicht gab es auch einen Weg von der anderen Seite, der näher an die Wohnung im Nebenhaus führte?

Gemeinsam trugen sie, jeder an einem Henkel, eine schwere Tasche die Stufen hinauf. Dann mehrere Tüten. Zweimal setzte Nadine an, um ihrer Tante von ihrer abenteuerlichen Begegnung zu erzählen und wie recht sie gehabt habe mit ihrer Ahnung: Da kommt noch etwas auf uns zu. Dabei fielen ihr die Worte der Ratte aus dem Buch ein: „... und die geht uns nichts an, dich nicht und mich nicht. Ich war noch nie drin und ich gehe auch nicht hinein und du schon gar nicht, wenn du ein bisschen Verstand hast." Die Ratte und ihre Tante waren da einer Meinung, dass Einmischen nichts brachte, und das bremste ihr Mitteilungsbedürfnis gewaltig.

„Hat Deine Mutter schon angerufen?", erkundigte sich Tante Britta.

„Nein", Nadine staunte über sich selber, dass sie den Anruf noch nicht vermisst hatte. „Sie werden mit dem Rundfunk zu tun haben", fand sie eine Erklärung dafür.

Später inspizierte Nadine den Spielplatz, zu dem ihre Tante sie geschickt hatte. „Sieh dir etwas die nächsten Straßen an, damit du dich zurechtfindest." Nadine, erst einmal froh, weg zu können, war losgestürzt, um einmal über alles nachzudenken. Nun saß sie hier auf einem Drahtsitz, gleich neben dem Sandkasten, mit dem Blick auf die einzige Wippe, die auf einem Grasfleck stand. Ganz in der Nähe erspähte sie eine Art Trampelpfad aus Gehwegplatten. Die waren mit farbiger Kreide bemalt. Nadine dachte, es müsse also doch Kinder geben, die hierher kamen. Und während sie grübelte, wie sie es anpacken sollte, die fremde Puppe in die Wohnung zu bringen, deren Lachen sie vor sich in der Luft sah, die Blumen zu gießen, nach dem Kater Cyrill zu suchen und das Futter zu finden, nach dem Ara ..., die Kiste ... Alles schien ihr verdreht und unwirklich. Die fremde Wohnung wieder zu betreten, verursachte ihr Unbehagen. Das Beste wäre doch, mit ihrer Tante über alles zu reden. Schon dazu entschlossen und mit der rechten Hand nach dem Schlüssel tastend, tauchte ein Junge auf, der sich auf einem Sitz der Wippe niederließ und eine dicke rotbraune Katze streichelte, die er auf dem Arm trug. Er sah neugierig zu ihr herüber.

Er war dünn und hochgewachsen. Und es sah aus, als würde er rasch weiter wachsen. Die langen Beine verrieten das. Im Gesicht hockte seit Kurzem ein nachdenklicher Zug und die Ohren standen ihm ab. Er war ganz genau das Abbild eines guten Kumpels, wie in den Büchern ihres Vaters, sodass Nadine schon wieder zweifelte, ob es stimmte.

Jungen waren in ihren Augen immer verschlossen und sagten nur, was nicht zu viel von ihnen verriet. Das Wesentliche behalten sie für sich. Doch das gefiel ihr gerade. Auch das wusste sie von ihrem Vater. „Und die meisten sind schüchtern", meinte er. „Ich war es auch." Sie hatte damals lange Zeit Mitleid mit ihrem Vater gehabt. Ihre Mutter, die etwas davon ahnte, sagte: „Du musst ihm nicht alles glauben, Nadine. Er ist Schriftsteller."

„Den habe ich unter einem Strauch gefunden. Muss neu hier sein. Kenne sonst alle Katzen. Er heißt Cyrill – steht auf dem Halsband. Und du bist auch neu."

„Ja", sagte Nadine sehr erleichtert. „Den Kater Cyrill suche ich gerade. Ich soll auf ihn aufpassen und ihn füttern. Gib ihn mir."

Aber das stellte sich als schwierig heraus. Der Kater wollte nicht vom Arm des Jungen und stemmte alle vier Pfoten gegen seine Brust, krallte sich fest an seinen Pulli und miaute kläglich.

„Ich komme mit und setze ihn dort ab, wo du hin musst." Nadine nickte. Innerlich war sie froh, nicht allein in die fremde Wohnung gehen zu müssen.

„Übrigens, ich heiße David. Und du?", fragte der Junge. Nadine murmelte ihren Namen. „... und ich wohne bei meiner Tante. Dort drüben." Ihr ausgestreckter Arm zeigte hinüber zu den Terrassen. „Sie heißt Frau Holm."

„Oh, die kenne ich", sagte David recht zurückhaltend. „Deine Tante ist meine Lehrerin."

Das dritte Kapitel und ein Entschluss

David lief zwei Schritte vor ihr. Er wollte die Puppe sehen. Nadine hatte ihm schnell das Nötigste erzählt.

„Spinnus", hatte er gemurmelt. „Sie ist eine Puppe – na und?" Das fragte sich Nadine jetzt auch, drehte den Schlüssel in ihrer Jeanshose herum und dachte ebenfalls: Spinnus.

Dann zuckten sie beide zusammen, als sie Stella in ihrem Schaukelstuhl sahen. Verblüfft pfiff David durch die Zähne. „Und du weißt genau, dass sie wirklich nur eine Puppe ist?" Nadine sah erst David, dann die Puppe Stella an. Was sollte sie sonst sein?

„Trotzdem, sie ist total gruselig", meinte David. Er zuckte mit den Schultern. „Wir tragen sie gleich mit dem Sessel hinein. Oder willst du sie anfassen?"

„Nicht jetzt", wich Nadine aus. Sie verschwieg ihre Beobachtung. Es war, als spazierten die Augen der Puppe zwischen ihr und David hin und her.

David ging um den Schaukelstuhl herum und Nadine packte von der anderen Seite an. Durch sein Eisengestell war er schwerer, als sie gedacht hatten, und sie schleiften ihn mehr, als dass sie ihn trugen, über die Schwelle. Der große rötliche Kater sah ihnen zu. Mit einem eleganten Sprung hatte er sich von Davids Arm gelöst, kaum dass sie die Terrasse betraten. Noch vor den Kindern trat er, sein Hinterteil wiegend, in das Innere der Wohnung und verschwand dort.

„Da mag sie sitzen bleiben, bis Frau Larsen kommt", Nadine gab dem Schaukelstuhl einen Schubs, dann suchte sie nach dem Katzenfutter.

„Wie viel braucht so ein Kater?", fragte sie David, als sie es gefunden hatte.

„Lass mich das machen, das weiß ich genau." David bückte sich schon nach dem Katzennapf. Nadine atmete auf. Aber nicht lange, denn eine raue krächzende Stimme veranlasste sie, den Kopf herumzudrehen.

„Hier ich ... hier ich, Theodor."

„Wer ... was?" David stürmte aus der Küche. Beide Kinder suchten nach dem Vogel und fanden auf einem niedrigen Tisch einen wie eine Glocke gebogenen Vogelkäfig. Ein grüner Ara mit roten Schwanzfedern wetzte seinen gebogenen Schnabel an den Gitterstäben und wiederholte sein „Hier Theodor ... hier Theodor", betrachtete sie aus schwarzen Knopfaugen, nickte dabei mit dem Kopf und verlor dünne Schalen aus dem Schnabel.

„Irre – wie im Zoo", murmelte David. „Warum hat der Kater den Vogel noch nicht gefressen?"

„Bloß nicht jetzt", stotterte Nadine erschrocken.

„Ein Glück, dass die Puppe wenigstens den Schnabel hält. Meine, sie spricht nicht", verbesserte sich David rasch mit einem Blick auf die Puppe.

Cyrill beugte den Kopf über den Fressnapf. Nadine beobachtete den Ara. Die Puppe saß im Trockenen. Nadine dachte, die fremde Frau Larsen dürfte mit ihr zufrieden sein. Manchmal war ihr, als tauchte da im Hintergrund ein flammend roter Haarschopf auf, aber dann war es nur ein Sonnenstrahl. Nadine flüsterte dem Papagei zu: „Ich mag dich. Wenigstens du siehst wie ein richtiger Vogel aus." Gleich darauf schüttelte sie enttäuscht den Kopf. „Stimmt ja nicht." Unter einem Flügel hatte Nadine einen grünen kleinen Schirm entdeckt, den der Ara an sich presste. Wirklich, sie mochte alles Geheimnisvolle, Ungewöhnliche. Aber jetzt sehnte sie sich nach dem ganz Normalen. „Du bist auch nicht, wie du sein solltest. Wasser und Nüsse hast du noch. Alles andere geht uns nichts an, sagen meine Tante und die Ratte." Nadine neigte dazu, das als gar nicht so schlecht zu empfinden. Sie hatte schon ein Geheimnis zu ergründen, den Streit zwischen ihrer Tante und ihrer Mutter als Kinder. Die schwarze Kutsche und die winkende Hand daraus waren einen Moment vergessen.

Ein Blick auf die Wohnzimmeruhr mahnte sie. „Ich muss rüber zu meiner Tante, sie wird auf mich warten. Treffen wir uns am Nachmittag wieder?", schlug Nadine David vor.

„Bestimmt, ich komme." David nickte erfreut. „Auf dem Spielplatz. Na ja, ist irre hier." Mit einem Rundblick streifte David erst den Kater, dann den Ara, zuletzt die Puppe. Er ging mit einem Schulterzucken, was Nadine so deutete: Da kannst du nichts machen.

„Tschüss Naddi." Der nachdenkliche Zug in seinem Gesicht trat stärker hervor. Das gefiel ihr. Gleichwohl erhob Nadine keinen Einwand gegen die Veränderung ihres Namens. Er streichelte sie wie ein sanfter Windhauch. Sie war froh, David getroffen zu haben.

Aufatmend schloss sie die Terrassentür ab. Der Kater würde jetzt sicher schlafen nach der unruhigen Nacht und satt, wie er war. Stella, die Puppe, wird weiter vor sich hinsehen mit ihrem ewigen Lächeln. Vielleicht war es das Unheimliche an ihr. Kein Kind lacht ständig. Und der Vogel? Sie glaubte, sich zu täuschen: Als sie sich noch mal umdrehte und durch die Scheibe blinzelte, saß ihm jetzt eine Brille über dem gebogenen

Schnabel. Was ihr nur einfiel?! Am Ende las er ihr die Zeitung am Nachmittag vor?

Sie kam in einem günstigen Augenblick. Ihr Ausbleiben war nicht weiter aufgefallen, denn ihre Tante telefonierte gerade mit ihrer Mutter. Mit etwas schlechtem Gewissen versicherte sie ihr: „Oh ja, es ist alles in Ordnung, Mam. Die Sonne scheint", hing sie dran. Was ihrer Mutter nicht weiter auffiel, doch der argwöhnische Blick ihrer Tante verriet ihr mehr. Überhaupt bedauerte sie, das Gespräch zwischen ihrer Mutter und Tante Britta verpasst zu haben. Das Gesicht ihrer Tante verriet nichts davon.

Ihre Mutter seufzte verhalten. „Bei uns geht es sehr langsam mit der Lesung voran. Du hörst wieder von mir, meine kleine Nadine." Nadine nickte, obwohl es ihre Mutter nicht sehen konnte. Wenn Tante Britta nicht gerade im Zimmer wäre! Es juckte sie, bei ihrer Mutter die Frage zu stellen: Was soll ich tun bei einer so merkwürdigen Nachbarin, die meine Hilfe will, aber gleichzeitig zum Ungehorsam anstiftete: Dann sag nichts davon. Wobei einen Kater zu füttern und einen Ara, eine Puppe vor dem Regen zu schützen und Blumen zu gießen, nichts ... das war nichts Außergewöhnliches. Und doch – sie hatte dabei ein so sonderbares Gefühl, als käme sie da etwas aus ihrer Bahn. Etwas, was schlecht in Worte zu fassen war. „Riecht es hier nicht angebrannt?", versuchte Nadine, Tante Britta in die Küche zu locken. Aber es funktionierte nicht.

Später musste sie alle Anstrengungen darauf verwenden, ihren Teller Milchreis mit heißen Himbeeren zu essen. Sie löffelte und löffelte etwas mühsam. Wobei der von Tante Britta gekochte Reis dem von zu Hause in keiner Weise nachstand. Das wollte sie auf jeden Fall anerkennen.

„Ist was?", wollte ihre Tante interessiert wissen. Als Nadine nur abweisend mit dem Kopf schüttelte, sagte sie: „Für den Nachmittag gibt es zwei Möglichkeiten. Ich habe noch Hefte zu korrigieren oder wir gehen in den Zoo. Wähle."

Zoo hatte sie bei der Nachbarin. „Ich bin mit David verabredet." Ihr Gesicht hellte sich auf. Sie hatte schon mit dem Gedanken gespielt, wie sie sich von Tante Britta abseilen könnte. Die Tante runzelte die Stirn.

„David? Meinst du den Katzen-David?", forschte sie streng. „Er hatte doch eine Katze auf dem Arm?" Erst zögerte sie. „Nun ja, es war dieser Kater Cyrill, den er da trug", rutschte es ihr über die Zunge.

„Hatte dieser Kater eine verbundene Pfote oder ein Pflaster irgendwo?" Tante Britta wollte es genau wissen.

„Nein, an dem Kater schien alles in Ordnung." Sie musste nur ihre Zunge besser im Zaum halten. Doch ihre Tante biss sich nur auf die Unterlippe und ein etwas verstohlenes Lächeln breitete sich aus, das in den Mundwinkeln saß. „Na ja, er steht bei mir in der Kreide", meinte sie mit einem Funkeln in den Augen.

„In der ... in der Kreide?" Nadine guckte, als müsse da noch etwas nachkommen.

„Manchmal bezahle ich seine Rechnungen beim Tierarzt für die vielen Katzen, die er aufspürt und pflegt, wenn seine Eltern sich weigern, ihm einen Vorschuss auf sein Taschengeld zu geben und Dr. Bernhardt bei mir anruft, ob ich eventuell etwas beisteuern ... nun ja, wie auch immer ..." Das Lächeln um ihre Mundwinkel vertiefte sich. „Dieser David ist einer meiner Schüler."

„Hat er mir erzählt." Auch in Nadines Augen saß jetzt ein Funkeln. Sie lag also richtig mit ihrer Ahnung. Unter der glatten Oberfläche brodelte es. Da gab es Verborgenes, Verschwiegenes. Beispielsweise den Streit mit ihrer Schwester. Und es bestätigte, was ihr Vater immer sagte, wenn er von seinen erdachten Figuren sprach: „Sieh ihnen unter die Haut, da gibt es Erstaunliches zu entdecken." Schon bei dem Gedanken an das, was in der Nachbarwohnung auf sie wartete, fand es Nadine nicht schlecht, eine Tante zu haben, die bei einer zu bezahlenden Tierarztrechnung einsprang.

„Auf jeden Fall habe ich bei ihm noch etwas gut und du bei mir. Also dann morgen den Zoobesuch, Nadine." Damit schloss Tante Britta ihre Gedanken ab und nahm die leeren Teller mit in die Küche.

Nadine sah ihrer Tante mit einem guten Gefühl nach. Kein Diktat zum Frühstück, keine Matheaufgaben bisher, dafür einen Piratenschlafanzug. Und wie hoch kletterte eine Rechnung beim Tierarzt? Nadine erwog, ob ihre Tante einen oder zwei Bonuspunkte verdiene. Ihr Vater sagte immer: „Sieh zweimal hin, ehe du urteilst." Das wollte sie gewiss tun, wenn sie jetzt die fremde Wohnung besichtigte.

„Na dann, Tante Britta!" Etwas zaghaft wedelte Nadine einen Gruß in Richtung Küche, in der ihre Tante mit dem Abwasch klapperte. Sollte sie nicht ... sollte sie nicht ihre Hilfe anbieten? Aber drüben warteten der Kater Cyrill, der Ara, und sie hatte versäumt, die Blumen zu gießen. Nadine entwischte über die Terrasse. Ihr Herz klopfte, aber zunächst fand sie alles unverändert vor. Nun ja – bis auf das Lachen der Puppe Stella. Es wirkte verblasst. Es glich in nichts mehr dem strahlenden Lächeln vom Morgen. Im Hintergrund krächzte der Papagei. Cyrill räkelte sich in seinem Katzenkorb. Wo standen die Grünpflanzen? Nadine hoffte, sie auf den Fensterbrettern zu finden. Aber sie standen verteilt auf Tischen, einer Blumenbank und da und dort verstreut. In der Nacht waren sie wahllos irgendwohin gestellt worden.

Aufmerksam betrachtete Nadine wieder das Gesicht der Puppe. Die rothaarige Frau Larsen nannte sie Stella. „Stella?"

Da plötzlich hörte sie wieder die genau betonte Stimme des Radiosprechers, der mit leicht verlegener Stimme seinen Hörern mitteilte, kurz vor der Eröffnung des großen Kaufhauses fehle eine seltene, kostbare, einmalige Puppe, die aus unerklärlichen Gründen verschwunden sei. Konnte Stella die verschwundene Puppe sein? Sicher nicht, da sie Louise Larsen gehörte. Wohin verliefen sich ihre Gedanken?

Doch da gab es noch den Ausspruch von Frau Larsen, sie sehe der Puppe sehr ähnlich – oder diese ihr.
Voll ängstlicher Neugier stellte sich Nadine genau vor den Schaukelstuhl und fixierte erneut das Puppengesicht. Nun, die Haarfarbe dürfte im Blond übereinstimmen, die gedrehten Locken der Puppe schon nicht mehr. Nadine atmete bereits auf. Ihre Augen schimmerten in einem satten Grau, die der Puppe aber in Blau. Hoppla, nein! Hastig zog Nadine einen runden Taschenspiegel aus ihrer Jeanshose. Aufmerksam sah sie hinein, erst zaudernd, ihr graute vor einer Ähnlichkeit mit Stella. Dann verglich sie die Stirn, die Nase ... Je länger sie in den Spiegel blickte, schien es ihr, als veränderte die Puppe nach und nach ihr Aussehen. Sie wurde ihr immer ähnlicher, als stehle sie ihr, Nadine, das Gesicht. Nadine blickte noch immer in den Spiegel. Völlig fassungslos sah sie hinter ihren Gesichtszügen das Gesicht der Puppe, so als stünde sie hinter ihr.

Mühsam, wie in einer Erstarrung, wandte sie den Kopf. Nichts. Da stand niemand hinter ihr.

Mit einem erschrockenen Aufschrei warf Nadine den Spiegel auf den Boden. „Das ist alles Unsinn", keuchte sie genervt. Gleich würde sie darüber lachen. Vorerst wollte sie aber die Blumen gießen. Mit einem abweisenden Blick bedachte sie die stille Puppe. In der Küche fand sie eine Kanne und füllte sie mit Wasser. Im Zick-Zack-Gang näherte sich Nadine der Puppe. Überall, wo sie einen Blumentopf fand, gab sie einen Schwups Wasser hinein. Da schwang der Schaukelstuhl nach vorn, die Beine der Puppe streckten sich kerzengerade aus und Nadine fiel darüber.

„Pass doch auf!" entschlüpfte es ihr. Aus der Kanne verschüttete sie einen Klatsch Wasser. Es lief über das Gesicht der Puppe und tropfte auf ihr weißes Seidenkleid. Das Wasser wischte das Lächeln vom Gesicht. Nadine ging einen Waschlappen aus der Küche holen. Hinter ihr ertönte ein „Hatschi!"

„Hatschi."

Zur gleichen Zeit schnurrte ihr Handy. Nach ihrem verstörten „Hallo", denn es war wirklich nicht der geeignete Augenblick, ein Gespräch zu führen, hörte sie: „Mein liebes Kind, hier spricht Louise Larsen, die Nachbarin. Leider habe ich deinen Namen vergessen." Nadine murmelte: „Nadine".

„Also Nadine, es dauert alles etwas länger. Wahrscheinlich muss ich über Nacht hier bleiben. Denk an Herrn Theodor. Nüsse liegen in der Schale neben seinem Käfig. Und vergiss Cyrill nicht. Vielen Dank für alles." Dann kam nichts mehr.

„Na so was", empörte sich Nadine. „Ich ... ich ..." Zur gleichen Zeit bewegte sich die Puppe.

„Da hast du es", ertönte die Stimme der Puppe leise.

Nadine schoss auf sie zu: „Das habe ich mir fast gedacht, dass du auch sprechen kannst." Voller Wut stieß sie es hervor, so getäuscht, so genasführt worden zu sein. Ihre Wut überwog den Schrecken. „Wer bist du also?", fragte sie unerbittlich. Und Frau Larsen fehlte ihr dabei entsetzlich, die ihr das alles bestimmt erklären konnte. „Also sag schon, keine richtige Puppe, aber auch kein richtiges Kind." Nadine fand, es musste etwas Dazwischenliegendes sein.

„Gewiss, das ist die Frage, die Dr. Mechanicus auch immer stellt." Gönnerhaft nickte die Puppe ihr zu. Langsam richtete sie sich auf, reckte ein wenig die Glieder, strich eine Locke hinter die Ohren. Ihre Bewegungen kamen langsam, aber auch als wolle sie sich zur Schau stellen. Schließlich stand sie auf, um ein paar Tanzschritte zu probieren, die etwas steifbeinig ausfielen. Nadine betrachtete das alles mit großen Augen. Das bringe ich besser, dachte sie, trotz des Schauers, der sie packte, als sie sich ins Gedächtnis rief, dass das nur eine Puppe ist und es an der Zeit sei, schreiend davonzulaufen.

Stella saß jetzt auf einem anderen Stuhl und schlenkerte mit den Beinen. „Nun, genau weiß ich es auch nicht. Die Dr. Mechanicus sagt, ich bin die Puppe der Zukunft, die alles kann: erzählen, singen, tanzen, gehorsam sein. Ich werde einmal mit den anderen Puppen der Mechanicus die Kinder ersetzen, meint sie. Wir sind billiger und gehorsamer. Selbst zu wachsen vermögen wir."

Zum Entsetzen und zur Abscheu von Nadine zog die Puppe an einem Arm und er rutschte etwas aus dem Gelenk und wurde länger. Dazu schloss Stella die Augen und öffnete sie wieder. Sie schien sichtlich stolz darauf zu sein. Auch wenn die blonden langen Haare um die Wette mit den blauen Augen leuchteten, packte Nadine pure Abwehr. Sie trat einen Schritt zurück.

„Na ja, du kannst ja nichts dafür, aber Kinder sind allemal besser als Puppen." Vor Empörung zitterte ihre Stimme, als sie sich vorstellte, ihre Eltern würden sie gegen eine solche dumme Puppe eintauschen wollen. Der Gedanke daran war ihr unerträglich. Wenngleich es doch Eltern geben sollte, die in Ausnahmefällen ihre maulenden, lernunwilligen, störrischen Kinder in neue, folgsame, liebe Puppenkinder austauschen würden. Vielleicht nur zur Probe. Aber dennoch ...

„Nun, du weißt es noch nicht. Wir passen einfach besser in die Zukunft. Wir werden ganz fehlerlos sein, sagt sie, ein modernes Menschending – wenn du das kapierst." Das stieß auf Widerstand bei Nadine. Und von einem Menschending wollte sie nichts hören.

„Sagt sie, sagt sie", äffte Nadine die Puppe nach. Obgleich sie es nicht wollte, vermehrte sich vor ihren Augen die Puppe Stella in viele weitere. Mit dunkleren Haaren, grauen Augen statt blauen. Welche, die dicker, andere, die dünner waren, doch alle mit lächelnden Gesichtern. Es wurde unerträglich. Bald nahmen sie in einer Reihe Aufstellung wie eine Girltruppe auf einer Theaterbühne und traten im Takt vor und zurück.

„Die Kinder werden sich anstrengen, um besser als Puppen zu sein. Sind wir ja jetzt schon", trumpfte Nadine auf.

„Glaube ich nicht. Es strengt an, perfekt zu sein. Die Kinder werden sich entscheiden müssen, ob sie Puppen werden wollen, sagt Dr. Mechanicus. Sie sucht schon nach einem Kind, mit dem sie üben will. Aber noch hat sie keins. Deshalb ... deshalb ..."

Das verschwundene Kind – es fehlte auch ein Kind!, lief es durch Nadines Kopf. Heimlich kniff sie sich in die Seite, ob sie auch nicht träume, fast kam es ihr so vor.

Die Puppe blickte sie ängstlich an. „Ich bin ausgerückt, musst du wissen. Ich ... wir ... suchen Verbündete, musst du wissen. Wir ... wir Puppen wissen nicht weiter." Nadine zog die Stirn in Falten. Da kam ihr was in die Quere. Es war jetzt auch nicht ihr Wunsch, eine wirkliche Heldin zu werden wie in den Büchern ihres Vaters. Davon lag etwas in der Luft. Nadine zog die Nase kraus. Sie fände es weiter sehr schön, über Abenteuer in den Büchern zu lesen und mitzufühlen, aber ... aber nun so direkt. Einem weißen Kaninchen nachlaufen wie Alice im Wunderland, das wäre schon nach ihrem Geschmack. Aber das hier ...? Die Ratte schien recht zu haben und ihre Tante auch: Wir mischen uns da nicht ein. Ihr Vater könnte wunderbar weiter darüber schreiben.

„Wie kommst du aber ausgerechnet hierher?"

Die Puppe kratzte sich jetzt am Bein. „Ich gehöre nicht hierher. Die Frau, die hier wohnt, hat mich gefunden. Beinahe wäre ich von einem Auto überfahren worden, weil ... weil ... etwas an meiner Mechanik nicht funktionierte." Stella betastete ihr rechtes Knie. „Ich wurde von Dr. Mechanicus ausgeschickt, das wirkliche Leben etwas zu kosten, Nadine. Sie sagte es so. Mich zu bewähren. Fehler festzustellen. Es klappt noch nicht alles, aber ...", hier stockte die Puppe Stella. „Auch wollte ich ein Kind treffen, das von sich aus uns helfen will." Stella schlenkerte ein Bein, dann einen Arm.

„Wieso helfen?", fragte Nadine etwas kleinlaut und sie beschlich eine gewisse Vorahnung. Stella kam auf sie zu. Behutsam fasste sie nach Nadines Arm und die zog ihn nicht zurück.

„Wie weich du bist und wie viel Leben in dir ist. Man merkt es richtig, da klopft es unter der Haut." Stella streichelte Nadines Arm. „Sie arbeitet an einem eisernen Herzen, die Dr. Mechanicus."

„Wieso also helfen?" Nadine fragte es mit Zögern. Unbehaglich trat sie zurück und zog ihren Arm an sich. Nein! Warum gerade ich, wollte sie rufen und sich abwenden. Aber sie vermochte es nicht. Und wir mischen uns da nicht ein, ging es ihr durch den Sinn.

Die Puppe sah sie abwartend an, als wollte sie ihr Zeit lassen für eine Entscheidung. „Ich habe einfach niemand anderen gefunden, und so frage ich dich: Würdest du ... eventuell ... vielleicht ...? Wir wollen Puppen bleiben, weißt du, keine ... keine Maschinen, die alles ..."

„Gut, gut", keuchte Nadine. „Nun rück schon raus mit der Sprache. Was ist los mit dir?"

„Es ist so: Wir wollen keine Monsterpuppen werden, sondern das bleiben, was wir sind." Die Puppe wischte eine Träne ab. „Wir wollen auch keine Kinder verdrängen oder ersetzen. Richtige Puppen zu sein, so wie vorher, das wollen wir. Die Kinder sollen uns lieben und streicheln und mit uns spielen. Und Puppenkleider nähen und Schule mit uns spielen. Aber man soll keine Apparate mehr in uns einbauen, die Geschichten abspielen. Ach, ich kann das alles nicht so richtig sagen. Diese Mechanicus soll uns nicht länger quälen und uns zu Maschinen machen. Das ... das ist aber noch nicht alles." Puppe Stella stockte und sah sich ängstlich um. „Hört auch bestimmt keiner mit?", flüsterte sie. „Mir ist so."

„Das ist nur Cyrill, der Kater, und der Ara Herr Theodor", versicherte Nadine der Puppe. „Die verstehen bestimmt kein Wort."

„Oh ... oh ... hier Theodor", krächzte der Ara.

„Wir Puppen haben auch Angst um die Kinder. Da scheint es genügend Mädchen zu geben, die Puppen werden wollen. Sie ... sie ... verlieren ihr Herz dabei. Die Dr. Mechanicus hat ein stählernes Herz erfunden und deshalb ..."

„Was?", fragte Nadine verlegen. Es ging ihr nicht darum, es wirklich zu wissen, um etwas zu tun. Eher so, um es für alle Fälle zu wissen, wenn ... wenn es nötig wäre, ernsthaft darüber nachzudenken. Doch das schien ihr erst einmal in weiter Ferne zu liegen.

„Komm, tanz mit mir. Ich zeige dir, was ich kann."

Die Puppe Stella fing an, sich zu drehen, fasste nach Nadines Hand und wirbelte sie herum. Es war merkwürdig, auch Nadine packte die Tanzwut. Sie begannen beide mit den Füßen zu stampfen, dass der Fußboden erzitterte und der Kater Cyrill in eine Ecke flüchtete. Der Ara krähte: „Hier Theodor ... hier Theodor."

Nadine hätte so stundenlang weiter tanzen können, drehen und stampfen, dann hüpfen und drehen ... Von Stella ging so etwas wie eine Verzauberung aus. Atemlos blieb Nadine endlich stehen.

Doch jetzt ging etwas Unheimliches mit Stella vor. Ihr schmaler Körper zitterte. Die Füße tippelten nervös.

„Die ... die ... Mechanicus ruft mich zurück. Lebe wohl, es hat mich wirklich gefr..."

Ins Zimmer fiel plötzlich ein dunkler Schatten. Nadine erschrak – und dann sah sie sie. Vor der Terrassentür wartete die schwarze Kutsche. Eine weiße behandschuhte Hand winkte. Die Puppe Stella stakte darauf zu, die Tür schlug auf, Stella stieg ein. Darauf verschwand die Kutsche.

Nadine fand sich im Schaukelstuhl wieder, wie sie vor- und zurückwippte. Es musste ein Stück Albtraum gewesen sein. Aber die Puppe war weg. Stella fehlte! Zu ihrer Gewissheit schaute sie sich dennoch suchend um. Einer plötzlichen Eingebung folgend, wollte sie der Puppe jetzt nachlaufen. Aber das war schon zu spät. Ratlos stand sie da.

„Hier Theodor ... Theodor", rief der Ara in seinem Käfig. Wie ertappt zuckte sie zusammen. Die schwarzen Knopfaugen sahen sehr aufmerksam zu ihr herüber. „Du wirst mir auch nicht helfen können." Der Vogel guckte, als würde er sie verstehen.

„Hol sie herein, sie ist so empfindlich." Darum hatte die rothaarige Frau Larsen sie gebeten. Ach, das lag weit hinter der Zeit zurück. Stella war die Puppe der Zukunft. Sie waren beide getäuscht worden. Wut – Zorn – Aufbegehren stritten in Nadine. Warum passierte gerade ihr so was? Kein Mensch würde ihr glauben. Schon gar nicht diese Theaterfrau im bunten Rock und mit verrutschter Perücke. Auch die hatte ihr etwas vorgemacht. Ein Hoffnungsstrahl traf Nadine. Doch wenn sie Stella auf der Straße gefunden hatte, dann vielleicht doch. Es passte gut zusammen.

Nadine befahl sich, ruhig zu bleiben. Sie würde ihr die unglaubliche Geschichte erzählen – dann wäre sie alles los. Ihr Blick schweifte durch das Zimmer, das sich jetzt, da die Puppe Stella fehlte, wie unbewohnt ausnahm. Blieben ihr noch der Vogel Theodor und der Kater Cyrill, auf die sie aufpassen und die sie füttern sollte. Hoffentlich gelang ihr wenigstens das. Als sie zu beiden sah, meinte sie, über den grauen Teppich die Ratte huschen zu sehen. Sie hätte den Schlüssel nicht nehmen sollen. Aber es fing schon viel früher an, wusste sie, als sie die schwarze Kutsche gesehen hatte, die ihr ein Geheimnis versprach.

Es gab kein Zurück. Nadine nagte an ihrer Unterlippe. Wie sie es auch drehte und wendete – sie saß im Schlamassel oder in der Tinte oder wie sie es nennen wollte. Ihr Vater führte seine erdachten Kinder auch immer in den Schlamassel. Und was geschah dann? Er versuchte, sie da wieder herauszuholen. Was würde ihr Vater sagen, wenn sie ihm von ihrem Schlamassel erzählte? „Und was hast du getan?"

„Nichts – weil ..."

„Nichts?" Recht betroffen sah sie sein ungläubiges Gesicht vor sich. Nein – das war ganz und gar unmöglich zu sagen. So konnte es nicht weitergehen. – Aber wie dann? Nadine starrte auf den Teppich. Jetzt wäre ihr die Ratte recht gewesen, sie hätte sie gefragt. Denn auch mit dem nicht Einmischen schien was nicht zu stimmen.

Da kam ihr der Gedanke an die Galgenfrist, die sich ihr auftat. Frau Larsen käme bestimmt erst morgen. Bis dahin musste sie die Puppe Stella gefunden haben.

„Stella?" Mit einem schlechten Gewissen lauschte sie dem Namen nach. Er erinnerte sie an die flehentliche Bitte der Puppe: „Hilf uns, Puppen zu bleiben und keine Kindermonster zu werden." Nadine schaute auf den Kater, der sich merkwürdig verhielt.

Cyrill wuselte um den Schaukelstuhl, der ihn wie magisch anzog. Vergebens versuchte er, mit den Pfoten ein kleines Schild an einer Schlinge, das sich dort verfangen hatte, abzulösen. Als es allen Pfotenhieben widerstand, ließ er davon ab. Und so hing es weiter zwischen Sitz und Rückenlehne, ohne von Nadine beachtet zu werden.

Das vierte Kapitel und es geht abwärts

„Wo bleibst du denn?" David streckte sein vorwurfsvolles Gesicht zur Terrassentür herein, dann folgte seine ganze Person. „Ich warte auf dem Spielplatz auf dich, aber du kommst nicht." Verblüfft zeigte er auf den leeren Schaukelstuhl. „Du hast die unheimliche Puppe weggeräumt?"

Nadine drehte sich ihm zu. „Ja", sagte sie mit hoher Stimme, die ganz unnatürlich klang. „Du sollst es als Erster erfahren: Die Puppe ist davongelaufen. Auf der Terrasse wartete die schwarze Kutsche, da ist sie eingestiegen. Auch wenn du es mir nicht glauben wirst." In Erwartung, dass David ihr das auch sagen würde, stand sie ganz still, ballte aber beide Hände zu Fäusten, als wolle sie einen Schlag abwehren. Doch David schüttelte den Kopf, was Nadine als eine Zustimmung zu ihren Worten deutete.

„So ein Luder", sagte er. „Sie war mir von Anfang an unheimlich, und ich glaube dir aufs Wort, Naddi."
Der Kosename klang tröstend. Mit funkelnden Augen blickte er sich um. „Aber wie hat sie es angestellt, lebendig zu werden? Ist dir nicht auch, als wären wir hier im Theater?" Rechts und links knisterte es in den starren Falten der Gardinen, die bis auf den Boden reichten.

„Nun ja", auch Nadine sah sich jetzt aufmerksam um. Nun, da Stella weg war, schien alles wichtig zu sein.

„Ach ja, sie streckte die Beine aus und ich fiel drüber. Dabei habe ich ihr Wasser über den Kopf geschüttet und dann hat sie sich bewegt. Und sprechen kann sie auch." Das überraschte David nicht. Eher schien er enttäuscht. „Was aber nun? Lass sie sausen, Naddi."

„Kann ich nicht. Was würde Frau Larsen sagen", fuhr Nadine auf. Das vorwurfsvolle Gesicht ihres Vaters übersah sie erst einmal. „Ich muss Stella finden." Die rothaarige Theaterdame nickte ihr dabei zu. Nicht so wirklich, aber irgendwo knisterte das rote Haar und leuchtete auf.

„Schön – aber wo?" David wiegte wild den Schaukelstuhl. „Hat sie dir gesagt, woher sie kommt?" Zweifel meldeten sich in Davids Stimme und er sah skeptisch zu Nadine.

„Nicht so direkt. Da war von einer Dr. Mechanicus die Rede und sie sei die Puppe der Zukunft, und sie will so ein Menschending schaffen." Nadine zeichnete mit nervösen Händen ein Gebilde wie eine Puppe in die Luft. „Ich denke mir, wir sollten einfach ..."

„Warte mal", David nestelte ein Schild, was sich an einem Faden verheddert hatte, aus dem Geflecht der Rückenlehne am Schaukelstuhl. Beide beugten sie sich darüber. Ein rundes Schildchen, ein Etikett, wie man es an Gegenstände zum Verkauf hängt. ‚Puppe Stella – Muster'. Auf der Rückseite entzifferte David: 'GKH'.

„GKH", wiederholte Nadine nachsagend. Ihr Ton wurde schrill, gleichzeitig blitzte es wie Verstehen in ihren Augen auf. „Das ... das neue Große Kinderkaufhaus! Daran hatte ich schon gedacht, weil von dort ja eine Puppe verschwunden ist."

„Das ist total verrückt, Naddi", aber es hörte sich anerkennend an. „Warum haben wir sie nicht untersucht", sagte David hitzig. „Vielleicht hatte sie hinten in ihrem Rücken Tonbänder und Batterien und wir hätten den Schwindel gleich bemerkt. – Wir hätten sie zurückgeben können für viel Geld. Lösegeld. – Was haben wir bloß verpasst! Ich wäre gleich meine Schulden bei deiner Tante los geworden."

„Pff", schnurrte Nadine verächtlich, „hier geht es um Größeres. Du hättest sie reden hören müssen. Da kam auch ein Kind vor. Überhaupt will die Dr. Mechanicus die Kinder weg ... weg haben", fuchtelte Nadine erregt mit den Händen und kippte dabei einen Blumentopf um.

„Verflixt", murmelte sie empört, „wäre ich mit meiner Tante in den Zoo gegangen!"

„Dann kreuzen wir eben im Kaufhaus auf. Wir kommen schon irgendwie hinein." David schubste Nadine an. „Willst du erst Bescheid sagen?"

„Trau mich nicht", sagte Nadine wahrheitsgemäß. „Es klingt, als ob ich spinne."

„Klar. Aber vielleicht solltest du ihr einen Zettel schreiben. Das machen sie in den Büchern immer so. Ehe sie sich aufmachen, irgendwohin zu gehen, schreiben sie haufenweise Zettel. Nur für den Fall, sie kommen nicht gleich zurück. Ich glaube, sie wartet auch auf so was. Auch damit sie weiß, wo sie nach uns suchen soll." Nadine guckte erschrocken. „Ach – nein."

„Du willst doch Stella finden – oder nicht?"

„Ich muss", sagte Nadine sehr ernsthaft. „Ich habe keine Wahl." Das Gesicht ihres Vaters tauchte wieder vor ihr auf und das der rothaarigen Theaterdame.

„Ach David", Nadine sah den Gefährten voller Zweifel an. „Bestimmt tut sie das nicht. Sie sagt: Da mischen wir uns nicht ein. Und meinetwegen ...?" Spucke sammelte sich in Nadines Mund und sie schluckte schwer. „Meinetwegen? Ich glaube es nicht." Warum sie jetzt nur an den Berg zu kleiner Schlafanzüge denken musste. Eine dicke Falte grub sich in ihre Stirn. Sie fühlte förmlich, wie sich ihre Stirn unter dem Gedanken zusammenzog. Vielleicht tat es ihre Mutter im selben Augenblick jetzt auch. Nadine war alles andere als wohl.

Sie würde gegen das Verbot ihrer Mutter verstoßen: „Renne nicht allem hinterher, was nach einem Abenteuer aussieht." Das Verbot ihrer Tante: „Da mischen wir uns nicht ein", und da war noch die Ratte, die ihr sagte: „... wenn du ein bisschen Verstand hast. Ich gehe da auch nicht hinein." Hm, der Zettel würde da wenigstens einiges mildern.

Hinten, gleich neben dem Vogelkäfig in einer Nische bemerkte Nadine einen weißen Schreibsekretär. Trotz ihrer Unruhe und Hast nickte sie anerkennend, wie schön und zierlich er da stand. Wie einladend die Schreibmappe sie anlächelte.

„Nun mach schon", drängte David, der sie beobachtete. „Ich stecke dann den Zettel in einen ihrer Blumenkübel, da findet sie ihn garantiert. Deine Tante hat es immer mit den Blumen. Aber vielleicht geschieht auch gar nichts und wir stehen dumm da."

Ja, dachte Nadine beklommen, sicher ist alles nur albernes Theater. Doch ganz in ihrem Inneren ahnte sie, es war nicht so. Die Geschichte würde ihre Fortsetzung finden.

Doch was schrieb man in so einem Fall? Nadine hatte keine Ahnung, außerdem zwickte sie das Gewissen. Zuviel verheimlichte sie schon. Nachdenklich biss Nadine auf das Ende des Kugelschreibers, was sie immer tat, ehe sie anfing, etwas zu schreiben. Doch dann floss es ihr aus der Feder: ‚Liebe Tante Britta, ich muss hinter der Puppe her, die Stella heißt und Frau Larsen, deiner Nachbarin, gehört. Leider kann ich es nicht aufschieben und es muss gleich sein. Deshalb schicke ich David mit dem Zettel. Wenn du bitte nach dem Ara Herrn Theodor und dem Kater Cyrill sehen würdest. Es ist aber nur nötig, wenn ich nicht gleich zurück bin. Frau Larsen kommt erst morgen. Deine Nadine.'

„Nun reicht's aber", knurrte David ungeduldig, der von einem Bein auf das andere trat, ihr aber über die Schulter sah. „Diese Puppe kann schon sonst wo sein." Er nahm ihr das Briefchen aus der Hand. „Warte, bin gleich zurück." Damit verschwand er. Hinter ihm schlossen sich die blauen Samtvorhänge an der Terrassentür mit einem melodischen Klirren, so, als solle gleich eine Vorstellung beginnen wie im Theater. Erschrocken drehte sich Nadine um. Auf dem blauen Grund glitzerten Sterne und Sonnen und drehten sich umeinander. Sie mussten vorher in den tiefen Falten der Portiere verborgen gewesen sein.

Im Zimmer waberte jetzt eine unbestimmte graublaue Dämmerung. Darin hob sich der Schaukelstuhl heraus und Nadine bemerkte, wie er wippte. Er wippte so einladend, Nadine musste sich einen Augenblick setzen. Gleich darauf reckte sich das Zimmer, es wurde weiter. Lautlos verschwanden die Gegenstände und Möbel daraus. Sie verblassten einfach, rückten in ihren Schatten zurück. Von oben schaute ein blauer Himmel herein. Nadine stand jetzt auf einer Straße. Die Ampel an einer Kreuzung blinkte. Nadine hastete mit den anderen Leuten hinüber auf die nächste Straßenseite. Geräusche drangen auf sie ein. Ein Auto hupte, in der Luft hörte Nadine Pferdegetrappel, was sie an die schwarze Kutsche erinnerte. Und es roch nach Straße, nach staubigem Asphalt und baldigem Regen. Nadine dachte jetzt an einen Traum, in dem sie mitspielte. Aber mehr noch glaubte sie an eine fantastische Wirklichkeit, in der Unglaubliches geschah. Sie ging gerade auf das beherrschende neue Kaufhaus zu. Es wuchs vor ihr aus einer dunklen Tiefe empor, wurde größer. Es bestand aus Glas und Beton und vielen, vielen Lichtern.

Einen Augenblick hielt sie an und schaute auf ihre Handfläche. Dort, ebenfalls aus Glas und Beton und Lichtfülle, nur um vieles kleiner, sah sie es eingeschlossen unter einem kleinen Glassturz. Nur schneite es nicht darin, die Straße wurde kaum angedeutet mit einer winzigen Laterne daneben. Sie sah sich selbst darin, als wäre sie gefangen. Dann aber erblickte sie den Eingangsbogen, groß und gewaltig, und daneben die breiten großen Schaufenster. In allen Schaufenstern wurde dekoriert. Leitern standen herum, Worte von Arbeitern erklangen und ständig gingen Lichter an und aus, aus und an. Nadine schob ihre ganze Person neugierig ein Stück näher. An ihrer Seite fehlte ihr David. Dafür saß ihr der grüne Ara Herr Theodor auf einer Schulter. Der dicke rotbraune Kater Cyrill trippelte neben ihr her, elegant versuchte er, seinen Bauch einzuziehen. Aber es wurde nicht viel daraus. Sie war nicht ganz allein, das beruhigte sie ungemein.

„Nun geh schon rein. Wenn Stella irgendwo zu finden ist, dann hier", krächzte ihr der Ara ins Ohr.

„Kann sein – oder auch nicht." Nadine zögerte. ‚Für Unbefugte kein Zutritt', las Nadine laut. Es stand an einer Tür, die offen stand. Ein Mann, braun gebrannt, mit roter Schirmmütze, in einem blauen Overall, drängte gerade hinein. Vor sich her schob er einen hoch beladenen Karren mit Paketen. Er kam von einem großen Lieferauto, an dem ein nächster Karren bestückt wurde. Davor entdeckte Nadine die schwarze Kutsche mit dem Pferd davor. Sie kannte beide, zuerst hatte sie die schwarze Kutsche mit dem Pferd auf dem Parkplatz bei ihrer Tante bemerkt und heute war die Puppe Stella damit geflohen.

„Die kenne ich", flüsterte Nadine dem Ara zu.

„Wen? Was?", fragte der Ara zurück. „Wovon sprichst du?"

„Dort steht die schwarze Kutsche, in die Stella eingestiegen ist."

„Ich sehe keine, Nadine. Aber wenn du ..., dann sind wir ihr auf den Fersen." Da kam es ihr in den Sinn, dass anscheinend nicht jeder die Kutsche sah.

„Steh hier um Himmels willen nicht im Wege." Da kam schon wieder ein hochbeladener Karren heran, den einer mit Schirmmütze und Overall dirigierte. ‚Zerbrechlich' stand quer auf einer Kiste.

„Wohin nun?", fragte sich Nadine, als sie vor einer weiteren Eingangstür stand. Aber die Beantwortung der Frage nahm ihr Herr Theodor ab. Er flog, als die Tür aufschlug und ein Arbeiter mit einer Leiter herauskam, die er vorsichtig über der Schulter balancierte, einfach hinein.

„Herr Theodor, mein Vogel!" rief Nadine erschrocken und zeigte in die Luft. „Ich muss da hinein und ihn wiederholen." Ein zweiter Arbeiter in einem blauen Anzug half dem ersten, die Leiter aufzustellen und beide Arbeiter begannen, die riesige Schaufensterscheibe zu putzen. Nadine bekam es wirklich mit der Angst zu tun und die war nicht mehr vorgetäuscht. Sie musste den leichtsinnigen Ara zur Ordnung rufen. Also spazierte Nadine hinein in einen Saal, in dem eine Menge Leute alle etwas taten: Läufer aufrollen, Regale aufstellen, Verkaufstheken an den richtigen Platz befördern und Stöße von Paketen auspacken, Kleidungsstücke aufhängen und Tausende von Dingen gefällig anordnen.

Der Ara flog kreischend durch die Mitte des Saales, Nadine lief hinter ihm her, Cyrill an ihrer Seite. Einige der Angestellten schauten gestört auf. Einer rief hinter ihr her: „Was tust du hier? Raus mit dir!"

„Will ich ja", schrie Nadine zurück, völlig genervt. „Nur der Ara will nicht und Cyrill, mein Kater, ist weg."

„Beweg dich trotzdem vom Fleck!" Eine Kiste wurde an ihr vorbeigeschoben.

„Wenn du nicht sofort verschwindest, leg ich dich in Ketten", zischte eine Stimme hinter ihr. Das klang so bedrohlich, dass Nadine nur ergeben nickte.

„Ja, ja, ich tu's ja. Herr Theodor, Cyrill!", rief sie etwas kläglich. Tatsächlich mussten die Tiere ein Ohr für Nadines Stimme haben und heraushören, dass es sich dieses Mal um etwas Ernstes handelte. Nur war es für Nadine keine echte Freude, Cyrill zu betrachten, der eine Plüschkatze in seinem Maul hatte, und auch Herr Theodor war mit seinen Krallen in einer Girlande hängen geblieben und krächzte aus Leibeskräften. Um Nadine herum begann die Luft heiß zu werden. Sie fühlte, wir ihr von allen Seiten Unwillen und Ablehnung entgegenschlug.

„Also troll dich!" Ein hochgewachsener Arbeiter fasste sie am Arm und geleitete sie zum Ausgang, stetig, ohne Aufenthalt, und der Weg war auf einmal eine kurze Strecke. Jemand drückte ihr den Kater in den Arm.

„Wenn Sie vielleicht wüssten, wo ich die Dr. Mechanicus finde", startete Nadine einen letzten Versuch, als schon der frische Wind an der Tür ihre Nase kitzelte.

„Hab nie von ihr gehört", wurde Nadine versichert. „Aber unten in den Katakomben sind die Reparaturwerkstätten, frag da mal nach. Was willst du von ihr?", interessierte er sich jetzt nicht gerade unfreundlich. Wahrscheinlich gefiel ihm auch, dass der Ara sich jetzt auf Nadines Schulter niederließ.

„Ich brauche die Puppe Stella von ihr zurück. Sie ist mir ausgerückt. Das wird Frau Larsen nicht gefallen." Nadine hängte einen echten Seufzer dran. Ein mitleidiger Blick traf sie. „Bist Du Dir sicher, dass es hinter dieser Stirn richtig tickt? Besser, du gehst nun nach Hause. Es ist nicht in Ordnung, dich mit einem Ara und einem Kater durch die Gegend laufen zu lassen. Käme bei meinen Kindern nicht vor."

Nicht gerade mit einer Siegermiene ging Nadine davon. Aber aufgeben wollte sie nicht. Das Wort Katakomben geisterte durch ihren Kopf. Es klang ihr nach Höhlen und Verborgenem. Genaueres wusste sie nicht darüber, aber beides würde zu einer geheimnisvollen Dr. Mechanicus passen und zu einer verschwundenen Puppe Stella.

Ihr Blick suchte die Straße ab, um einen neuen Eingang zu erspähen. Plötzlich stellte sie fest, die schwarze Kutsche fehlte. Aber der riesige Container stand noch da und aus ihm wurde ein Karren nach dem anderen beladen, aufgetürmt mit Paketen, die alle die wunderbaren Dinge enthielten, die die Herzen der Käufer bezaubern und die Lust der Kinder wecken sollten, sie zu besitzen.

„Wohin willst du mit deinen Tieren?", dröhnte da die Stimme eines Karrenlenkers. Bei ihm blitzte unter der Schirmmütze ein goldener Ohrring auf. „Tiere sind hier nicht erlaubt. Überhaupt – hier geht's nur rauf oder runter", erklärte der mit dem Goldring eilig. „Fahrstühle nur für Lasten, kein Personenlift, wenn du das kapierst."

„Klar doch." Nadine funkelte ihn an. „Aber vorn sagen sie, ich soll hier reingehen, weil der Dr. Mechanicus unten in den Katakomben wohnt." Der Arbeiter lachte dröhnend. „Ist ein Märchen. Hab ihn nämlich noch nie gesehen. Aber glaub ruhig dran. Jede Oper legt wert auf einen Geist – ein Phantom, das unten haust. Na und wir als das modernste Kaufhaus brauchen eben einen geheimnisvollen Mechanicus." Noch immer lachend schob er seinen Karren in den nächsten freien Fahrstuhl.

„Also?", fragte sie flüsternd den Ara.

„Nach unten, mach schon." Aber Nadine wurde von immer neuen Karren und denen, die sie zogen, zerrten, aneinander vorbeihasteten, zur Seite geschoben. Da entdeckte Nadine an einer Seite dieses Bahnhofs für Aufzüge, so kam es ihr allmählich vor, zwei Aufzüge, die schmal wie Handtücher waren, vorn offen. ‚Nur zur Beförderung von Paketen, nicht für Personen', stand auf einem Schild darüber. Die fuhren langsam und ohne anzuhalten, einer nach oben und einer nach unten.

„Den nach unten", dirigierte sie der Ara. Cyrill sprang voraus und Nadine blieb gar keine andere Wahl, als ihm zu folgen. Abwartend kauerte sie sich in eine Ecke auf den Boden. Wo würde die Fahrt enden? Es wurde ihr allmählich unheimlich, als sie bemerkte, dass in den, der nach unten fuhr, außer ihr scheinbar niemand einstieg. „Welchen Knopf müssen wir drücken?", fragte sie ratlos Herrn Theodor.

„Keinen, es gibt keinen", krächzte der Ara.

„Und was sind Katakombens?"

„Katakomben", korrigierte sie der Ara hochmütig, „sind - lass mich nachdenken." Der lila-grüne Schirm wurde einen Augenblick aufgespannt. „Nun ja, sie sind", Herr Theodor zögerte etwas, „es sind unterirdische Begräbnisstätten, oft weitverzweigt und bestehen aus Gängen, Hallen und Grabnischen." Mit offenem Mund hörte Nadine zu, bewunderte das Wissen des grün-roten Aras.

„Woher weißt du das alles?"

„Ich habe Bücher gelesen", krächzte Herr Theodor mit schlecht unterdrückter Eitelkeit. „Auch Lexika. Kannst dir ein Beispiel an mir nehmen."

„Na ja", tat Nadine ab. „In solche unterirdischen Gräber wollte ich eigentlich nicht. Vielleicht sollten wir hier aussteigen?" Nadine verlor alle Abenteuerlust. Dorthin vermochte sie keine noch so große Neugier zu locken. Und das Schicksal der Puppe Stella konnte sie im Augenblick auch nicht rühren. Doch da beschleunigte der Paternoster sein gemächliches Hinabgleiten. Mit einem leisen Aufschrei klammerte sich Nadine an Cyrill.

„Wo ist der Knopf?", schrie Nadine. „Du überkluger Vogel?" Es ging noch eine Weile so weiter, dann setzte der Fahrstuhl mit einem Ruck auf, so als wolle er sagen: Das ist es gewesen.

Verwirrt stolperte Nadine hinaus, Cyrill auf dem Arm. Hier, wo sie jetzt war, ein Gang mit rauen, fast unverputzten Wänden, fehlten entschieden einige Lampen. Cyrill gab nun den Weg vor. Er ging nach rechts. Es wäre ihr auch gleich gewesen, der Kater wäre nach links spaziert. Cyrill folgte seiner Nase, die die Spur einer Maus verfolgte, die so lecker roch, dass er völlig vergaß, dass er sich auf keiner Mäusejagd befand. Der Ara zwickte sie ins Ohr, wohl um ihr zu sagen: Ich bin bei dir, Nadine. Sie musste seine Meinung einholen, wenn er sie schon hierher gelockt hatte.

„Was wollen wir von ihm, dem Dr. Mechanicus?" Ihr Vater hätte ihr die gleiche Frage gestellt.

„Wir sind geschickt worden, die Puppe Stella abzuholen, die Eigentum von Louise Larsen ist. Sie hat sie doch gefunden", kam es ohne Zögern aus dem krummen Schnabel.

„Und du meinst, das reicht? – Gut", murmelte Nadine dann einverstanden. „Man muss nur wissen, was man will, sagt mein Vater immer." Aber ob das für einen Dr. Mechanicus genügte, um auf seine beste Puppe zu verzichten, die Puppe der Zukunft, wie sie von Stella wusste? Sie hegte da ihre Zweifel, aber die wollte sie vor Herrn Theodor nicht äußern. Im verschwimmenden Licht sah sie, wie ihr Vater ihr zunickte. „Denk daran, es kann auch gut gehen", schien er ihr zuzuflüstern, „er weiß nicht, dass ihr kommt." Trotzdem wollte keine echte Zuversicht bei ihr aufkommen.

Doch alles wurde plötzlich anders, als an der Wand vor ihr eine Leuchtschrift aufflammte: ‚Achtung – zum Wartezimmer für den Eignungstest. Eigener Text ist mitzubringen!' Ein Pfeil zeigte dazu geradeaus.

Verblüfft blieb Nadine stehen. „Was sagst du dazu, Herr Theodor?" Sollen wir etwa da mittun? Ist die Dr. Mechanicus etwas wie ein Talentetrainer? Davon hat Puppe Stella nichts gesagt. Aber könnte schon passen. Vielleicht hat Puppe Stella auch nicht alles richtig verstanden, schließlich ist sie ja nur eine Puppe."

Je näher sie in die Richtung gingen, die Leuchtschrift flammte immer mal wieder auf, umso deutlicher hörten sie Stimmen. Meist hohe, zwitschernde. Und das, was Puppen immer von sich geben, wenn man sie auf und ab bewegt. „Mama, Papa", hörte Nadine heraus. Dazwischen erklangen plärrige Musikfetzen. Auch Töne, die Nadine schon einmal gehört haben wollte, entfernte Erinnerungen an Melodien wehten ihnen entgegen. Nadine beschleunigte ihren Schritt. Fast wollte sie „Stella – Stella!" rufen. Doch dann ließ sie es mit dem Gefühl, es sei klüger zu schweigen. Dann bogen sie um eine Ecke und Licht,

Farben, der Anblick von Müttern und Kindern stürzte auf Nadine ein. Alles andere, nur nicht das hatte sie erwartet.

„Auch zum Eignungsgespräch für die Puppe Stella?", fragte sie eine strenge Stimme, die einer jungen Frau mit einem Block und einem Stift in den Händen gehörte.

„Nun ja", tastete sich Nadine erst einmal vorsichtig an die Frage heran. Noch wusste sie nicht genau, was sie antworten sollte.

„Das ist nicht gestattet", empörte sich eine Mutter mit schnarrender Stimme. „Wieso darf dieses Mädchen mit Tieren auftreten? Meine Rosi braucht dazu keine. Sie ist überall die Beste." Aufatmend, ihrem Herzen Luft gemacht zu haben, plumpste sie neben Rosi, die in einem hellblauen Taftkleid mit Schleife im blonden Haar schon wie eine Puppe aussah, nieder. Neben ihr saß ein dickliches Kind mit einer dünnen Mutter an seiner Seite. Die Lippen des Mädchens waren rot geschminkt.

„Und überhaupt – wurde sie denn bestellt?", fauchte eine andere Mutter los. „Es sollten doch nur drei in die engere Wahl kommen. Dann wären wir schon vier." Die Mutter zeigte auf ein Mädchen mit blondem Pferdeschwanz und leider etwas großen, pferdeähnlichen Zähnen. „Juiletta wird das Rennen machen. Sie allein wird Puppe Stella werden. Unser Gemüsehändler will dann auch gleich einen Werbevertrag mit ihr machen, dass sie nur Gemüse aus seinem Laden isst."

„Also ...", meldete sich die erste Mutter wieder zu Wort: „Darf sie nun mit den Tieren drankommen oder nicht?" Die junge Frau mit Block und Stift in der Hand, die Haare eng an den Kopf gesteckt, schaute unsicher.

„Natürlich haben Sie recht", wand sie sich heraus. „Vielleicht sollte ich nachfragen? Aber es kommt noch jemand von der

Direktion mit einem Mädchen. Sie heißt Astrid. Wie ist dein Name, Kleine?", fragte sie gemacht freundlich Nadine.

„Oh ... nur Nadine", murmelte sie bescheiden. „Eigentlich wollte ich gar nicht mittun, sondern nur von Dr. Mechanicus die Puppe Stella zurückholen. Sie gehört der Nachbarin meiner Tante Britta. Die hat sie gefunden. Und wenn Sie gleich mal die Dr. Mechanicus fragen würden, ob ich sie deshalb sprechen kann? Meine Tante wird sich sorgen, wenn ich nicht bald komme."

Während Nadine sprach, war es ganz still geworden. Alle starrten sie neugierig an, vor allem als der Ara auf ihrer Schulter krächzend dazwischen rief: „Stimmt ... stimmt, hier Herr Theodor."

Die dritte Mutter rührte sich nun auch. „Was denn, was denn, sie sagt jetzt schon ihr Verslein auf. Das mit der Nachbarin sagst du auch, Hildemaus. Und warum geht es nicht weiter?" Die Mutter von Hildemaus rückte an ihrem Strohhut. Sie war die einzige Mutter mit einem Hut. Energisch nahm sie ihn ab und stülpte ihn Hilde über.

„Die da mit ihren Tieren, na und die mit einer Schleife im Haar – ist auch nicht neu, aber mit Hut, den trägst du, Hildchen." Nadine war ebenso verblüfft wie die anderen Mütter und Kinder. Da hörten sie von Weitem Stimmen und Schritte und wussten, warum sie gewartet hatten. Eine blonde, schmale Frau und ein Mädchen, wie die anderen Mädchen auch mit blondem, langem Pferdeschwanz, näherten sich langsam der Gruppe. Das Mädchen trug den Kopf erhoben, es besaß fast schon die Größe der Frau. Wobei die schmale blonde Frau den Eindruck erweckte, als wolle sie eher noch kleiner wirken, um allen Platz für das blonde Pferdeschwanzmädchen freizugeben.

Doch da bemerkte Nadine, dass das Mädchen mit seiner Größe schummelte. Es trug Absatzschuhe, kippelte darin, doch setzte die Füße, wenn es ihr gelang, betont zierlich.

Die Frau, die, so schien es, die Mutter war, legte ihr jetzt eine Hand auf den Arm. „Willst du es nicht lieber lassen, Astrid, Kind? Schon wegen Leon. Er hat gesagt, wenn du es lässt, taucht er wieder auf. Deine Tante Ringella ... und überhaupt, du musst es nicht beweisen, wenn man selbst zum Kaufhaus gehört."

„Ach Mam, du verstehst mal wieder nichts." Die Stimme des Mädchens klang ungeduldig und abweisend. „Sie hat was von Auslese gesagt. Und die Werbeleute haben eben das Sagen. Deshalb muss ich hier mittun. Und Leon kann mir gestohlen bleiben. Er will nur nicht, dass ich die Erste werde. Er ist ein kleiner Junge und eifersüchtig." Das Mädchen, das Astrid hieß, schnippte mit den Fingern.

„Er ist dein Bruder und er liebt dich über alles, auch wenn du es nicht verdienst." Die blonde Mutter seufzte auf. „Warum müsst Ihr euch auch immerzu zanken? Nun ist Leon verschwunden. Ich kann kaum vor Sorgen denken."

„Er will erreichen, dass ich aufgebe. Aber ich will, will unbedingt. Vielleicht gehe ich noch zu der Dr. Mechanicus, die kann eine wirkliche Puppe aus mir zaubern und alle gucken dann dumm." Die Mutter von Astrid sah sich ängstlich um. „Still ... so was sagt man nicht. Du kannst nicht wissen ... Es kann Unheil heraufbeschwören."

„Ach Mam, du glaubst auch alles. So 'ne alte Geschichte ..."

Die beiden standen jetzt dicht neben Nadine. Ihre Augen suchten nach zwei leeren Plätzen. Da ging eine Tür im Hintergrund auf, die junge Frau klemmte ihren Block unter einen

Arm, sie musste so was wie eine Sekretärin oder Assistentin darstellen. Sie deutete eine Verbeugung an.

„Darf ich vorstellen: unsere Expertin für die Puppe Stella. Sie trifft die richtige Auswahl dafür." Nadine durchfuhr ein eiskalter Schrecken. Dort im Türrahmen, das Licht im Rücken, deshalb war sich Nadine nicht ganz sicher, stand da die Theaterdame, die geheimnisvolle Nachbarin ihrer Tante Britta, die mitten in der Nacht eingezogen war? Ihre roten Haare leuchteten, die grünen Augen blitzten. Um ihr Lächeln lag ein Zug von Grausamkeit. Ihre seidenen Pluderhosen schillerten bei jeder Bewegung. Zu ihren roten Haaren passte das eng anliegende giftgrüne Samtjäckchen.

„Sie wissen, es wird nicht einfach für die Mädchen werden", sagte sie zu den Müttern, die eifrig nickten.

„Oh, wir tun alles, wenn Rosi nur gewinnt", versicherte Rosis Mutter.

„Wir auch ... wir auch", wurde sie von den anderen Müttern überbrüllt.

„Nehmen Sie alle mit", meinte sie zu der Assistentin. „Nur das Mädchen, das nach mir gefragt hat, bleibt hier. Sie sieht Stella einfach zu ähnlich. Und gerade auf sie habe ich gewartet."

Nadine überkam ein Frösteln. Jetzt wäre sie lieber gegangen. Aber der Ara zwickte sie ins Ohr. „Da hast du es", krächzte er.

Das enttäuschte: „Oh ... oh ... oh" der anderen klang ihr noch im Ohr, als sie schon gewaltsam in das Zimmer hinter der Tür gezogen wurde. Die grünen Augen der Theaterdame waren dicht vor ihr, aber sie kamen ihr so ganz anders vor, als sie diese in Erinnerung hatte.

Das fünfte Kapitel und Tante Britta

Sie saß vor einem Stoß Mathehefte ihrer dritten Klasse, die sie korrigieren wollte. Aber ihre Gedanken spazierten eigenwillig davon. Wie eine leichte Übelkeit spürte sie die in ihr nagende Unruhe immer heftiger. Nervös klopfte sie mit dem Stift auf die Tischplatte. Als die Strahlen der Sonne auf der Terrasse sie blendeten, trug sie ihren Stuhl und den Tisch tiefer in den Schatten und stieß dabei einen kleinen ungeduldigen Seufzer aus. Diese Unruhe galt ihrer Nichte Nadine und sie war neu. Denn bisher sorgte sie sich nur um Schüler. In Gedanken arbeitete sie an dem sperrigen Namen Nadine und glättete ihn in Dina oder Naddi. Also – Naddi, Dina, Nadine brütet da etwas aus. Und das Kind war ihr anvertraut! Wobei sie dabei an keine Krankheit dachte, eher an etwas, das Nadine zurückhielt, verbergen wollte. Dafür besaß sie eine feine Nase, eine fast sichere Ahnung, ein geschultes Auge. Nicht ohne Gewinn sah sie täglich in mehr oder weniger aufmerksame Kindergesichter und bemühte sich, sie für die Aufgaben an der Wandtafel oder im Buch zu interessieren. Dabei flüsterte sie die Zahlen wie geheimnisvolle Orakel in die Klasse. Später gab sie ihrer Stimme die Sporen und ließ sie über die Schüler hinwegdonnern, um nun die endlich gefundene Lösung zu feiern. Ein Blinzeln genügte ihr, um festzustellen, wenn jemand träumte, die Blicke zur Decke richtete, die blaue Wolke hinter den Schulfenstern suchte. Meistens, nicht immer, vermochte sie sich einen Reim darauf zu machen. Je nach ihrem Wissen über den Schüler übersah sie die Unaufmerksamkeit oder holte den Abtrünnigen mit einer geheuchelten Frage zurück. „Na, wie weit sind wir schon mit der Lösung gekommen?" Wohl wissend, dass weder die Zimmerdecke noch das Blau draußen die Zahl 123 herausrücken würde, die gerade dringend gesucht wurde.

Nun, bei Nadine, Naddi, Dina fiel es ihr schwer herauszufinden, wohin ihre Gedanken liefen. Von ihr wusste sie noch zu wenig. Aber es gab Anzeichen für Ungewöhnliches. Zum Beispiel eine schwarze Kutsche, die Nadine sah, die nicht da war. Das war von ihr keine Erfindung gewesen; auch mit dem Lügen besaß sie so ihre Erfahrungen. Nur sie ärgerte sich über sich selbst, wie wenig klug sie darauf reagiert hatte. Es wurde ihr erst später klar, nämlich am Morgen. So wie Nadine wollte sie ebenfalls nach Pferdeäpfeln suchen gehen. Nadine kam ihr zuvor. Aber sie unterdrückte standhaft die Frage nach einem schwarzen Pferd.

Also in Nadine wühlte ein Geheimnis. Natürlich durfte sie nicht erwarten, dass ihr Nadine nach den wenigen Stunden, die sie hier bei ihr war, alle Geheimnisse anvertraute. Es schmerzte trotzdem. Doch wir drängen uns nicht auf. Warten lieber ab. Wir halten uns zurück. Mischen uns nicht ein – wenn es nicht unbedingt sein muss. Und es kam hinzu: Nadine war die Tochter ihrer jüngeren Schwester Karla und da gab es die weit zurückliegende Verstimmung, da war ihr schon einmal ein Missgeschick passiert. Damals war sie zu forsch vorgegangen, was auch nicht so gut gewesen war. Jetzt war sie eher auf Zurückhaltung bedacht. Danach griff sie endlich nach einem Matheheft, las den Namen auf dem Umschlag und schlug es auf. „David Hefter. Da haben sich ja zwei gefunden", murmelte sie und meinte damit David und Nadine.

Während sie erwog, ob es nicht doch vordringlich wäre, sich nach Nadine umzusehen, setzte sie das erste rote Zeichen hinter eine Aufgabe und verfolgte aus den Augenwinkeln einen Schatten, der ihr zwischen zwei Blumenkübeln emporwuchs. Der Schatten erinnerte sie an jemanden. Das dunkelblaue T-Shirt kam in ihr Blickfeld. Da haben wir ihn, David. „Was tut er hier? Das wollen wir doch mal ergründen."

Entschlossen stand Tante Britta auf, worauf der Heftstoß ins Wanken geriet und die obersten Hefte auf den Steinboden klatschten. Zwischen den Blumenkübeln zuckte David zusammen. Vergeblich wünschte er sich, unsichtbar zu sein. Eine überzeugende Ausrede zu finden, dazu fehlte ihm die Zeit, als aus dem Schatten Nadines Tante, seine Lehrerin, auf ihn zukam. Er hatte noch nie gesehen, dass ihre Lippen so fest aufeinandergepresst waren und so schmal.

Seine Hand verharrte in der Luft. Dafür schoss ihm das Blut in den Kopf. Die andere Hand schwebte über dem Blumenkübel, den Zettel zwischen den Fingern. Gebückt stand er da mit einem total verlegenen Gesicht. Und einem Lächeln, das nicht wusste, was es eigentlich in seinem Gesicht wollte.

„Seit wann steckst du hier Briefchen zwischen das Grünzeug?" Ärgerlich zeigte Tante Britta auf einen ansehnlichen Strauch von Hortensien, an dem zwei verspätete blaue Bälle blühten.

„Oh, er ist nicht von mir, Frau Holm." Im Augenblick fand David den Gedanken, einen Brief an seine Lehrerin geschrieben zu haben, fast noch furchtbarer als hier ertappt zu werden. Was, wenn er den Brief einfach hinunterschluckte? Unwillkürlich vollführte sein Mund Kaubewegungen. Doch das hätte Nadine auch nicht geholfen. Er vermochte den Gedanken nicht zu verscheuchen, seine Lehrerin würde ihm jedes einzelne

Wort entlocken. Und nebenan wartete Nadine auf ihn, welche Pleite!

Als wäre der Zettel, noch mit Erde behaftet, ein jahrhundertealtes ausgegrabenes Papier, so zögernd reichte ihn David seiner Lehrerin, wobei er schuldbewusst murmelte: „Es war nicht Nadines Idee, es kommt von mir, diese Puppe zu verfolgen."

„Welche Puppe?", fragte Frau Holm verständnislos, während sie schon Nadines Mitteilung las. Dabei setzte sie sich auf den nächsten Stuhl. Grummelnd sagte sie: „Ich kann mir nicht helfen, es ist mir so, als verhindere ich gerade einen großen Blödsinn. Wo ist Nadine? Bring sie gleich hierher. Wir haben ein Wörtchen miteinander zu bereden." Nun hörte sich ihre Stimme nach einem gereizten Knurren an.

„Wieso", wunderte sich Nadines Tante weiter, „ist Nadine überhaupt drüben auf der fremden Terrasse oder gar in der Wohnung?" Erneut starrte sie auf den Zettel, als könnte der die Antwort liefern. Dann las sie wieder: ‚Liebe Tante Britta ... Liebe Tante Britta ...' die ersten Zeilen von Nadine an sie begannen mit ‚Liebe Tante Britta'. Es war ein so angenehmes Gefühl, hier zu sitzen und ‚Liebe Tante Britta' zu lesen. Alles, was danach folgte, war nicht so wichtig. Denn Nadine käme nun gleich, um alles zu erklären.

Nur als David länger brauchte als die übliche Zeit, um jemand zu holen – Nadine würde wenig Lust haben, ihm zu folgen, um ihre Fragen zu beantworten und zögern – als die Zeit verging, wurde ihr leicht übel.

„Das hier ist keinen Vogelschiss wert", meinte sie dumpf, als eine unbestimmte Angst sie überfiel.

„Wo bleibt Nadine?", rief sie David zu, als er allein mit blassem Gesicht wieder auftauchte.

„Sie ... sie ist nicht mehr da", stotterte er, ein großes Nichtverstehen auf dem Gesicht. Tante Britta bekam ein paar Falten über der Nasenwurzel, die nichts Gutes verhießen. „Dann komm!"

Doch das Gesicht des Jungen war so von Angst und Unsicherheit geprägt, sodass Tante Britta ihren ohnehin schnellen Schritt noch beschleunigte. Halb über ihre eigenen Füße stolpernd, mit weit ausgreifendem Schwung über den schmalen Rasenstreifen eilend, erklomm sie die kleine Steigung. Der Rasenstreifen wurde breiter, die Terrasse war erreicht.

„Nadine, öffne!" Tante Britta klopfte an die Glastür, dass sie klirrte. „Wie kommen wir hinein?", fragte sie energisch, als keine Antwort erfolgte. „So ein albernes Spiel habe ich selten gespielt", murmelte sie erbost.

David zeigte auf den Schlüssel im Schloss der Tür, den er schnell noch wieder aus der Erde geklaubt hatte, als er das Geräusch auf der Terrasse vernahm. Da besaß er noch die Hoffnung, einfach zurückschleichen zu können und unerkannt zu entkommen. An ihm klebten Erdkrümel, genau wie an seinen Händen.

Ohne zu zögern, überschritt Tante Britta die Schwelle zu dem fremden Wohnzimmer, nichts war mehr vorhanden vom dem eben noch gedachten: Da mischen wir uns nicht ein. Hier ging es um Nadine – um eine nicht mehr anwesende Nadine. Eiskalte Schwere fuhr ihr in die Glieder, unvorhersehbar, heimtückisch. Ein Rucksack, schwer von Verantwortung, senkte sich auf Tante Brittas Rücken herab. Ein böser Tschinn kitzelte sie im Nacken.

„Nadine, zeig dich", rief sie durch die fremde Wohnung.

„Ich habe schon überall nachgesehen", sagte David bedrückt. „Sie ist nicht da."

Tante Britta tat es trotzdem noch einmal. Die Wohnung war sehr übersichtlich und fast wie ihre eigene in der Anordnung der Räume. Nur sie sah ganz anders aus, mehr wie eine Wohnung, die auch auf einer Theaterbühne gefallen wollte. Da gab es Kissen, die auf den Teppichen lagen, und Vorhänge, wo es keine Türen gab. Beherzt schob Tante Britta einen zur Seite. „Nadine, bist du da?", fragte sie mit angehaltenem Atem in der Erwartung, ein zaghaftes, verdrucktes „Ja" zu hören.

„Ich bin bestimmt überall gewesen." David tappte hinter seiner Lehrerin her mit einem vorwurfsvollen Gesicht. Weshalb glaubte sie ihm nicht? „Sie ist auf unerklärliche Weise verschwunden", murrte er.

„Verschwunden ... verschwunden ...", knurrte nun Tante Britta böse. Kein Mensch kann sich in Luft auflösen. Ich müsste es Nadines Mutter sagen. Aber vor allem müssen wir sie finden." Frau Holm schaute in der Dusche nach Nadine.

„Also was ist passiert? Was hattet ihr vor? Erzähl endlich, David." Das hatte er schon lange vorgehabt, aber es kam ihm jetzt so ... so kümmerlich vor. „Es ... es hängt alles an der Puppe Stella. So 'ne verrückte Puppe ..."

„Also Nadine, wenn du doch hier irgendwo steckst und ich finde dich ...", murmelte Tante Britta nervös, sah wieder zu David hinüber, der am Schaukelstuhl werkelte und eine blonde Haarsträhne durch die Finger zog.

„Da, sehen Sie nur", triumphierend schwenkte er die blonde Locke, „die ist von Stella."

„Es muss für alles eine Erklärung geben – eine sehr vernünftige", murmelte Tante Britta gerade. Dann verstummte sie erschrocken. Wirklich, David bemerkte so etwas wie Furcht in ihrem nun sorgenvollen Gesicht. „Da kommt etwas auf uns zu, glaub es mir." Mit einer heftigen Geste fegte Tante Britta noch einen Vorhang zur Seite, der aber nur den Staubsauger und das Bügelbrett verborgen hatte.

„Ach Nadine", stöhnte sie leicht auf. Selbst in einen der mächtigen Kleiderschränke, deren Holz noch duftete, so neu waren sie, steckte Tante Britta ihre Nase. Verblüfft betrachtete sie eine Reihe außerordentlich farbiger Gewänder, Umhänge und Capes, die eher in einen Theaterfundus passten als in einen normalen Kleiderschrank. Verwirrt schloss sie ihn mit verlegenem Gesicht, als wäre sie bei etwas Unrechtem ertappt worden.

Überzeugender als alle Beteuerungen Davids: „Da habe ich auch schon nachgesehen, da war ich auch drin – und nichts", blieb die blonde Locke, die er ihr hinhielt. Die Puppe ist weg ... Nadine ist getürmt und dieser Ara und der Kater fehlen ebenfalls.

„Nun ja", sagte Tante Britta reichlich erbost von der nichts bringenden Sucherei. „Von einer vernünftigen Erklärung für Nadines Verschwinden und das der Puppe muss ich mich wohl verabschieden. Aber so richtig will ich das alles noch nicht glauben. Es muss etwas geschehen sein und Nadine konnte auf deine Rückkehr nicht warten. Sie muss über die Terrasse entwischt sein." Seine Lehrerin besah jetzt selbst den Fußboden nach einem verborgenen Loch.

„Sie wollte warten", beharrte David eigensinnig. „Und ihre Flucht über die Terrasse hätte ich gesehen."

„Schön, um die Tiere, da sie weg sind, müssen wir uns nicht kümmern. Meine Sorge gilt auch nur Nadine. Oh, wenn ich sie doch nur packen könnte." Ihre Augen spazierten noch einmal durch den großen Wohnraum. Etwas widerwillig sagte sie zu David: „Es ist sehr schön hier, doch ich fühle mich auf einmal nicht sehr wohl hier drinnen. Nadine kann Hilfe vielleicht brauchen und wir stehen hier rum, vertrödeln unsere Zeit mit unnötigem Suchen nach ihr. Unser Ziel ist das Kaufhaus. Dorthin hat Nadine die Puppe zurückgebracht, darauf wette ich meinen Zopf."

„Bestimmt hat sie sie nicht freiwillig zurückgebracht", fuhr David nun voller Ungeduld auf. Warum Erwachsene immer so schwer kapieren. „Nadine sollte doch auf sie achtgeben." Er pfiff schrill durch die Zähne. „Wenn Sie die gesehen hätten, na so was von unheimlich, und sie sah Nadine verflucht ähnlich." Er spielte damit seinen letzten Trumpf aus. „Wir müssen ihr nach."

„Ach, das auch noch", stöhnte Tante Britta. „Na, schlimmer kann es nicht noch kommen." Doch darauf zuckte David nur die Schultern. Er hegte seine ganz eigenen Gedanken dazu.

„Sperr hier ab. Wir müssen ins Kaufhaus, Nadine suchen!"

„Jetzt aber ist Sonnabend ... wie können wir ..." David sah sich schon in ein offenes Kellerfenster einsteigen und seiner Lehrerin eine hilfreiche Hand hinstrecken. Aber ihrer Miene nach hatte sie anderes vor.

„Na, das ist unser Glück. Am Montag ist die Eröffnung vom Kaufhaus. Heute ist Personaleinkaufstag. Ich habe darüber gelesen. Wir müssen uns irgendwie hineinmogeln." Auf Tante Brittas Wangen brannten rote Flecke. Dann nahm sie David die blonde Locke aus der Hand und starrte darauf nieder. „Also es gibt sie wirklich, diese Puppe Stella. Alle guten Geister sollen mir helfen, Nadine und diese Puppe zu finden!"

David starrte seine Lehrerin fassungslos an. Nie hätte er geglaubt, dass sie sich mit Geistern einlassen würde. Natürlich, wenn es darum ging, Nadine zu finden. Oh ja, da würde er sich auch selbst mit dem Teufel verbünden. „Das steht fest", fügte er leise hinzu.

Wobei beide nicht wissen konnten, wie sehr Nadine damit einverstanden gewesen wäre. Sie steckte tatsächlich in der Klemme.

Das sechste Kapitel: Wo ist Nadine?

An den Drehtüren des Kaufhauses standen Kontrollposten in blauen Fantasieuniformen. Die Besucher, die hinein wollten, zeigten einen bedruckten roten Zettel vor. Manche deuteten dann noch auf eine oder zwei Personen, die hinter oder neben ihnen standen. Wenn der Mann in der blauen Uniform nickte, durften sie passieren.

„So ähnlich habe ich es mir gedacht", flüsterte Nadines Tante Britta grimmig. „Erlaubnisschein für ausgesuchte Leute und die dürfen zwei Personen zusätzlich mitbringen - Familienangehörige."

David nickte. „Können wir uns da nicht bei jemandem dranhängen?", schlug er vor.

„Zu riskant. Ich glaube, ich habe da eine bessere Idee." Sie musterte David kritisch, zog dann einen Kamm aus ihrer schwarzen Tasche, die geschäftsmäßig wirkte und die sie unter den Arm geklemmt trug wie eine Collegemappe und begann, ihm sorgfältig einen Scheitel durch seine störrischen braunen Haare zu ziehen.

„Kleb sie mit Spucke an", befahl sie ihm. In ihren Augen blitzten helle Lichter auf. Es waren nicht die gelben, verwegenen Teufelchen, die Nadine darin gesehen hatte, dazu hockte zu viel an Sorge darin. Ein weiteres Utensil wurde hervorgezogen, ein schmaler dunkler Schal, den sie David, obwohl er den Kopf wegdrehte und steif wie ein Holz dastand, umlegte und mit flinken Fingern zu einer lockeren Krawatte knüpfte, die nun über seinem neuen T-Shirt hing.

„Ist doch Blödsinn", murmelte er dumpf. Sie einfach abzuziehen verbot ihm der Gedanke an Nadine und schließlich hatte er seine Lehrerin vor sich.

„Davon verstehst du nichts", wehrte sie kurz ab.

„Kremple noch deine Hosenbeine herunter." Sie rückte David an den Schultern gerade. „Du müsstest dich jetzt sehen. Nimm noch Block und Stift in die Hand."

Schon nahm Frau Holm zu Davids Verblüffung ein Schildchen in einer Plastehülle aus der Tasche, worauf er las ,Reiseleitung' – ,Führungskraft'. Dahinter prangten ein Stempel sowie eine unleserliche Unterschrift. Das hing sie sich an einem farbigen Band um den Hals. Ihr Gesicht verwandelte sich dazu in ein freundliches, kühles, das von einer wichtigen Aufgabe durchdrungen war, an deren Ausführung sie nicht gehindert werden wollte. Es sei denn, dieser Unbekannte wäre auf Unannehmlichkeiten aus.

Mit gezielten Schritten, David an ihrer Seite, eilte sie auf den Mann in blauer Uniform zu. Auf seiner Brust blitzte eine Reihe goldener Knöpfe. „Wow", dachte David, „so ist meine Lehrerin!"

„Zur Direktion, Frau ... oder Herrn ..." Nadines Tante ließ bewusst den Namen weg, den sie sowieso nicht wusste, um dem Mann Gelegenheit zu geben, ihn einzufügen. „Wir werden erwartet. Ich stelle die Besichtigungsroute für das Kaufhaus zusammen. Es ist ein Eilauftrag."

„Ach", kam es ihm verblüfft über die Lippen, „zu Frau Direktorin Ringella persönlich?" Staunen schwang da mit.

„Wenn die Dame zuständig ist?" Tante Brittas Stimme klang noch etwas eiliger und geschäftsmäßig kälter. „Mir wurde nur mitgeteilt, die Direktion erwartet uns." Dabei zog sie David resolut neben sich. Der Junge muss mit, weil er ..." Es blieb in der Luft hängen. Aber David nickte kräftig. „Kinderreporter", murmelte er eifrig, „vom Kinderradio".

Der Mann mit den Goldknöpfen zog ein Handy aus der Jackentasche. „Da muss ich nachfragen, mir ist nichts gemeldet worden." Er zwinkerte nervös mit einem Auge.

„Dafür habe ich keine Zeit. Frau Direktorin Ringella ist schon richtig." Hinter ihr wurde gedrängelt und geschubst.

„Warum müssen wir jetzt warten?", schimpfte jemand. „Sind wir nichts? Ich habe am Dach mitgebaut."

Frau Holm trat hinter dem Wachmann vorbei in eine der Drehtüren mit einem so entschlossenen Gesicht, das David an jenes erinnerte, das sie aufsetzte, wenn sie vor die Klasse trat, um mitzuteilen: „Bildet euch ja nicht ein, der Unterricht fällt wegen Hitzefrei aus." David war ihr schon einen Fuß voraus.

„Aber ...", hörten sie noch. Doch da befanden sie sich schon zwischen eiligen Menschen, die alle irgendwohin wollten. Kinderkleider und Röcke hingen an unzähligen Ständern. Sie hasteten vorbei an Kabinen, in Rosa und Hellblau ausgeschlagen, in denen Kinder, unterstützt von ihren Müttern oder Großeltern, probieren konnten.

Die Zeit schien alle Besucher und Käufer anzutreiben, alles noch schneller und hektischer zu tun. Denn ein Sprecher mit angenehmer Stimme schmeichelte: „Entscheiden Sie sich jetzt für das, was Sie suchen und begehren. Sie haben noch eine Stunde für Ihren Einkauf."

Frau Holm fasste David an einer Schulter an und schob ihn vor sich her. „Geh mir nicht auch noch verloren", sagte sie dazu.

David drehte sich um und sah in ein graues Gesicht. Und da konnte er gar nicht anders, alles war so vertrackt. Seine Lehrerin tat ihm leid und um Nadine plagte ihn wirklich Sorge. Warum war er auch auf den Gedanken mit dem Briefchen gekommen. Wäre der nicht gewesen, nichts hätte sie gehindert, gemeinsam loszugehen. Er sah sich Hand in Hand mit Nadine. Als sie an einer hochgetürmten Pyramide von gestapelten Fußbällen vorbeihasteten, stieß er voller Wucht ein Bein in den Fußballhaufen.

Es kollerte und die Bälle sprangen und rollten durch die Gegend. Gleich zwei Verkäufer von der Sportabteilung kamen gelaufen, um alle wieder einzusammeln. David atmete jetzt etwas leichter. Doch ein Blick in das Gesicht seiner Lehrerin brachte ihn fast zum Stolpern.

„Wohl verrückt geworden?", blitzte sie ihn an. „Das hilft Nadine sicher nicht." Das Schild baumelte ihr noch immer am Band über der Brust, was vielleicht ein Fehler war. Denn so gelang es Viktor, dem Hausdetektiv, sich leichter an die Fersen von Nadines Tante und David zu heften.

„Keine Schwierigkeit, ihnen zu folgen." Seine Information war von Frank, dem Pförtner am Eingang D, gekommen. „Zwei verdächtige Personen" hatte der gemeldet. „Können von der Konkurrenz geschickt worden sein. Kann um die Puppe Stella gehen." Dann war ihm wohler gewesen, als er es Viktor Althus mitgeteilt hatte, dem Schnüffler, den er wegen seiner großen Ohren den ‚Dackel' nannte.

„Wir sind auf der Pirsch und erlegen das Wild", jubelte Viktor innerlich, und seine Ohren glühten. Solche Aufträge waren das reine Glück für ihn.

Eine einschmeichelnde Stimme, die über allem schwebte, verkündete: „Besuchen Sie die Puppenabteilung im zweiten Stock. Ihre Kinder und Sie werden süchtig nach der Puppe Stella werden. Vorführung dazu ist in zehn Minuten."

„Da haben wir sie", keuchte Tante Britta, beflügelt von der Nachricht. „Hoch zum zweiten Stock, David!" Ihr ausgestreckter Arm zeigte gebieterisch auf eine breite silberglänzende Rolltreppe, extrabreit, um einem Band Platz einzuräumen, auf das bequem Pakete und Einkaufstaschen abgesetzt werden konnten.

Mit einem kräftigen Ruck zog Tante Britta David vom Gepäckband, der in dem Bestreben, schneller voranzukommen, dort hinaufgeklettert war.

„Wir dürfen nicht auffallen", zischte sie ihm empört zu. „Denk daran!"

David knurrte verärgert: „Wenn man auch gar nichts darf ...", hielt aber sofort den Mund, als das Band stockte und die Stufen der Rolltreppe anhielten. Einige Leute stolperten verwirrt, als es plötzlich nicht weiterging. Da musste jemand auf einen verborgenen Knopf am Fuß der Treppe gedrückt haben.

„Lauf schneller, Junge!" Frau Holm schubste David an. Und mit weit ausgreifenden Schritten stolperten sie höher, weiter, liefen zur nächsten Rolltreppe, die weiter in Betrieb war, keuchend davonrennend vor einem unbekannten Verfolger.

„Einer weiß mehr als wir", japste sie schließlich. Aber da schwebten sie schon dem zweiten Stock entgegen. Noch ehe sie ganz nach oben gelangten, erfassten ihre Augen schon die Plattform, die über den Köpfen der Zuschauer schwebte, die dort standen und mit zurückgelegten Köpfen hinaufstarrten, wo auf zwei Thronsesseln, die mit ihrer Vergoldung glänzten, zwei sich völlig gleichende Mädchen – oder zwei Puppen – oder ein Mädchen und eine ihr bis auf die letzte Kleinigkeit gleichende Puppe saßen.

„Eine ist das Spiegelbild der anderen. Ein Wunder ... es ist die Vollendung der Puppe. Die absolute Krönung. Sie kann alles, was auch Kinder tun, wie ihr, liebe Kinder, gleich sehen werdet. Die schönste und klügste Puppe der Welt ist Stella, der Stern am Puppenhimmel."

Das hohe unmäßige Kichern, das folgte, zerrte an den Nerven der Wartenden, die starrten und starrten. Während die gewölbte Decke sich über ihnen in einen leuchtenden Sternenhimmel verwandelte, fielen aus den Sternschnuppen, die dazwischen aufblitzten, goldverschnürte Päckchen. Was zu plötzlichen Keilereien zwischen den Kindern führte und die andächtige Stimmung trübte. Doch auch Erwachsene grapschten gierig nach einem Goldpäckchen, als wäre pures Gold darin verpackt.

Völlig überrascht hielt auch Tante Britta ein solches Päckchen in den Händen. Fassungslos starrte sie auf eine kleine Puppe, die aussah wie Nadine, ihre Nichte Nadine. Ihr Anblick traf sie wie ein böses Omen. David nahm sie ihr ab.

„Das ist Stella, genau so sah sie aus!", rief er. Tante Brittas Augen wanderten wieder hinauf zu der schwebenden Bühne. Gleichzeitig erhaschte sie mit einem Blick nach hinten, wie ein emporhastender Mann mit karierter Sportmütze die nahe gelegene Rolltreppe hochkeuchte. Sein Blick war fest auf sie und den Jungen gerichtet.

„Wir müssen verschwinden, komm", raunte sie David zu. Gebückt, als würden sie etwas am Boden suchen, drängten sie durch die gaffende Menschenmenge, die weiter nach oben auf die schwebende Bühne starrte. Sie erwarteten mehr über die

Puppe Stella zu hören, sie endlich singen, sprechen und tanzen zu sehen. Vielleicht gemeinsam mit dem Mädchen, das völlig teilnahmslos auf dem goldenen Stuhl verharrte.

Einige Umstehende murrten, die sich gestört fühlten, andere zogen erschrocken ihre Taschen fester an sich. Zuerst schien Tante Britta ein Aufenthalt auf der Damentoilette ratsam. Dahin vermochte ihr auch der Verfolger in der karierten Sportmütze nicht zu folgen. Doch wo blieb David? Gerade hasteten sie an einer offenen Fahrstuhltür fast vorbei. Entschlossen schubste sie David hinein und folgte dann selber.

Im Erdgeschoss wurde sie von einem eifrigen Kaufhausreporter angesprochen. „Welchen Namen würden Sie diesem fabelhaften Kaufhaus geben? Denken Sie daran, es ist für Kinder gedacht."

„Ich würde es ‚Himmelreich' nennen", flüsterte Tante Britta ins Mikrofon, weil sie noch recht atemlos war. Nur weiter, dachte sie dabei.

„Prächtig", sagte der junge Mann mit großer Brille auf der Nase voller Anerkennung. „Das haben wir bisher noch nicht gehört. Ihren Namen bitte noch ..." Das Mikrofon wurde ihr erneut hingehalten. Völlig kopflos äußerte sie: „Ich bin Tante Britta. Ich suche nämlich meine Nichte Nadine." Sie zog David von dem Reporter fort. Er wollte ebenfalls einen Namen für das Kaufhaus beisteuern.

„Die Adresse, wir brauchen noch ..." Der Reporter fuchtelte mit dem Mikrofon herum. Leute blieben stehen. Jetzt aber meisterte Frau Holm mit plötzlicher Entschlossenheit die Situation.

„Geben Sie her, junger Mann", sagte sie bestimmt und nahm erneut das Mikrofon. Zum Erstaunen der Umstehenden und des fassungslosen jungen Mannes sagte sie, statt ihre Adresse zu nennen: „Meine liebe Nadine, wenn du hier irgendwo steckst oder in der Klemme bist, hier spricht deine Tante Britta und ich sorge mich um dich. Und wie ich mich sorge. Darum komm bitte ganz schnell nach Hause. Und diese Puppe Stella lässt du sausen."

Weiter kam sie nicht, der Reporter hatte sein Mikrofon zurückerobert. „Das dürfen Sie nicht!" rief er empört. „Für vermisste Kinder haben wir eine Extra-Auffangstelle eingerichtet. Melden Sie sich dort." Tröstend fügte er hinzu: „Dort finden sich am Ende alle wieder ein."

„Bis auf eins", unterbrach ihn Tante Britta recht schroff und ihre düstere Miene passte dazu. „Oder haben Sie es schon gefunden? Es wurde im Radio gemeldet."

„Schweigen Sie! Um Himmels willen, schweigen Sie davon." Jetzt hielt der bebrillte junge Mann ängstlich eine Hand über sein Mikrofon. „Darüber kein Wort."

„Das dachte ich mir fast schon", knurrte sie. David schubste seine Lehrerin an, was in der Menge, die sich um Tante Britta und den Reporter gebildet hatte, nicht weiter auffiel. „Ach, gehen wir endlich nachschauen."

„Viel verspreche ich mir nicht davon", dämpfte sie David, „aber wir wollen nichts versäumen." Sie gingen beide ein paar Schritte zur Seite.

Mit einem kleinen traurigen Lächeln entfernte Davids Lehrerin den Anhänger mit dem Schild ‚Führungskraft'. „Der war keinen Vogelschiss wert", murmelte sie dabei. David bekam rote Ohren. „Und wenn man Sie erkennt? Uns erkennt?" Gleich darauf staunte er, als seine Lehrerin erst sich die Haare hinter die Ohren strich. Aus ihrer Tasche kramte sie dann eine leicht getönte Brille, die sie aufsetzte. Die schwarz-weiß karierte Jacke wurde nach Drehen von innen nach außen zu einer weißschwarzen Jacke.

„Das ist ja kolossal, wie Sie jetzt aussehen." David gab seine Begeisterung laut von sich. Hastig fuhr er sich mit beiden Händen durch den gezogenen Scheitel. Unter heftigem Aufatmen nestelte er das Halstuch um ab, wobei sein Gesicht zunehmend freundlicher aussah.

„Also dann – wir müssen Nadine finden. Die blöde Puppe kann von mir aus im Pfefferland sein."

„Sie kann aber wichtig sein, um uns zu Nadine zu führen."

„Das kann ich vielleicht auch." Ihre Köpfe fuhren herum. Vor ihnen stand eine der Hostessen, die überall herumliefen, um Auskunft zu erteilen. Alle trugen einen blauweißen aufgespannten Schirm. Unter einem blauweißen Käppchen leuchteten auffallend rote Haare hervor. Ihre Kleidung, eine blauweiße enge Weste, wollte vielleicht nicht ganz zu dem nicht mehr ganz jungen Gesicht passen.

„Sie haben Ihre Nichte Nadine verloren. Welchen Eingang haben Sie zuvor benutzt? Sind Sie Rolltreppe gefahren?" Die Frau, die auf ihrem blauweißen Käppi eine silberne Vier trug, stand sehr straff vor ihnen. Ein Paar grüngrauer Augen von besonderer Leuchtkraft wurden schnell geschlossen, dann wieder geöffnet, um alles zu notieren. Block und Stift hielt die Hostess Nr. 4 in den Händen. Eine blaue Umhängetasche hing ihr über der Brust und sie lächelte freundlich.

„Das sage ich Ihnen alles, wenn wir dort sind, wo die Kinder abgeliefert werden. Ich habe es eilig." Tante Britta öffnete und schloss ihre Handtasche nervös. „Das Kind ist auf eigene Faust ausgerückt, weil es eine bestimmte Puppe sucht." Täuschte sie sich oder zog in die grünen Augen der Hostess Nr. 4 eine leichte Sorge ein?

„Oh, alle Mädchen sind verrückt nach der berühmten Puppe Stella, die alles kann. Oben im Saal läuft gerade eine Vorführung." Das alles flüsterte sie, während sie neben Tante Britta herging, in beschwörendem Ton. Irgendwie, dachte Tante Britta, gleicht sie ein wenig einem Gnom – einer Fee, von der man noch nicht weiß, ob sie oder er gut oder böse ist.

David beobachtete mit großem Vergnügen, wie schnell sie vorankamen, trotz der vielen Leute, die auch alle ein Ziel verfolgten, oft zu Knäueln geballt, um Verkaufsstände sich drängten und nicht gewillt waren, zur Seite zu treten. Da half die Schirmspitze, die die Hostess Nr. 4 da und dort leicht in eine Wade oder in ein fülliges Hinterteil drückte.

Nach einer Fahrt mit der Rolltreppe und einem Fahrstuhl hielt ihre Führerin vor einer Tür an, etwas abseits vom Verkaufsgeschehen und allen dekorierten Auslagen und Ständen. Darauf stand die Zahl 100. Es sah nach einem perfekten Kinderzimmer aus. Selbst ein Bett zum Ausruhen und Schlafen fehlte nicht. Von hier hat es kein Kind eilig, nach Hause zu kommen. Das war der Eindruck, den David bekam. Jede Menge Spielzeug stand herum. Auch Puppen gab es, nur keine Stella darunter. David hätte sie sofort erspäht.

„Kakao, Limonade, Eisbecher?", fragte ein junger Mann hinter einer kleinen Theke. Er trug ein weißes Käppchen auf den dunklen Haaren.

„Nichts da", tat die Hostess Nr. 4 ab, die auch einen Namen besaß. ‚Frau Finn' stand an einem kleinen Schildchen an ihrer Weste. Davids Gesicht zog sich vor Enttäuschung in die Länge. Ein Eisbecher wäre nicht zu verachten.

„Haben wir einen Zugang oder eine Meldung?", fragte sie eifrig. „Eine Nadine wird gesucht." Der Mann mit der weißen Mütze schüttelte energisch den Kopf. Aber er wie auch alle anderen wurden gleich eines besseren belehrt, denn die Tür wurde aufgerissen und der Hausdetektiv mit karierter Sportmütze, rot im Gesicht, zerrte einen Jungen herein, der über eine verschmierte Nase wischte.

„Da bringe ich einen, der stehlen wollte", trompetete er. „Wieder so ein Bürschchen, wo niemand dabei ist. Führerlos, ohne Aufsicht stromern sie herum."

„Das ist nicht wahr!" brüllte der Junge. „So stimmt es nicht." Der Junge schniefte empört durch die Nase, konnte aber nicht verhindern, dass ihm eine Träne über das Gesicht lief, die er eilig wegzuwischen versuchte.

Beide zuckten zurück, als sie sahen, dass im Zimmer schon Leute waren, außer dem jungen Mann hinter der Theke, der sich jetzt sofort vor einen Computer setzte.

Tante Britta drückte dem Jungen ein Papiertaschentuch in die Hand. „Putz dir die Nase", sagte sie dazu. Sie sah plötzlich äußerst kriegerisch aus. „Was soll der ganze Aufruhr?" Der Detektiv schaute misstrauisch auf Tante Britta. „Habe ich Sie nicht schon mal gesehen und den Jungen?" Er deutete auf David. Tante Britta sah ihm förmlich an, wie es in ihm arbeitete. Aber der Junge wollte jetzt weg und zerrte an der Hand, die ihn festhielt.

„Er wird seinen Eltern zugeführt." Der Hausdetektiv grinste ziemlich niederträchtig. „Wenn du keinen Erwachsenen mit hast, das wird unangenehm." Das Grinsen wurde noch breiter.

„Sehe ich vielleicht aus wie ein Schulkind?", wandte Tante Britta ein und richtete sich auf.

„Wir sind zusammen gekommen. Er ist ein Freund von David. Dann haben sie sich gezankt. Ich habe nicht weiter darauf geachtet, mir fehlte meine Nichte Nadine."

„Das ist ein bisschen viel, was ihnen fehlt, Verehrteste." Das Grinsen auf Herrn Althus' Gesicht gefror. David fasste nach der Hand des fremden Jungen. „Na, das kriegt sie hin, sie ist meine Lehrerin", flüsterte er dem Jungen zu.

Da sagte der fremde Junge zur Überraschung von Frau Holm: „Ich bin Toni und ich habe sie wirklich nicht stehlen wollen. Er hat mir die CD einfach weggenommen. Mir fehlen nur zwei Euro am Taschengeld. Aber da war er schon da und packte mich. Das war ungerecht."

Dazwischen plärrte die Stimme des Kaufhaussprechers: „Bitte gehen Sie zu den Ausgängen, wir schließen in zehn Minuten. Bitte gehen Sie zu ..."

„Wie schade", zwitscherte die Stimme der Hostess, „jetzt wird uns aber die Zeit knapp. Ihre Nichte ist sicher schon auf dem Heimweg."

„Das wollen wir hoffen", ergänzte Tante Britta mit einem tiefen Atemzug. „Aber den da nehme ich mit, den Toni", sagte sie zu dem Hausdetektiv. Ich bin seine Lehrerin und befugt dazu. Zu dem Jungen gewandt, sagte sie streng: „Leg dein Taschengeld hier auf den Tisch, ich lege die zwei Euro dazu. Sie sind so freundlich und regeln das." Dabei sah sie die rothaarige Hostess eindringlich an.

„Aber so geht das nicht", rief Herr Althus, „ich bin dagegen."

Der Junge sagte leise: „Danke, das vergess' ich nicht." Er packte aus, was er an Geld in seiner Hosentasche besaß und drückte es Frau Holm in die Hand. Frau Holm zählte mit.

„Sie haben noch fünf Minuten", drängte die Stimme aus dem Mikrofon. „Verlassen Sie jetzt das Kaufhaus."

„Nun kommt." An jeder Hand einen Jungen, den sie festhielt, marschierte Tante Britta zur Tür. Weder die Hostess noch der Hausdetektiv versuchten, sie zurückzuhalten.

„Ich gäbe euch beide her – wenn ich Nadine dafür bekäme", sagte sie mit einem kläglichen Lächeln. Aber offenbar wussten David und Toni, wie es gemeint war, denn sie lächelten zurück.

Doch kurz vor dem großen Ausgang blieb Tante Britta abrupt stehen und hielt damit den Strom der Kaufhausbesucher, die sich alle zur Tür drängten, auf. Mit hängenden Armen stand sie da, als wäre ihr plötzlich alle Kraft abhandengekommen. Das Häufchen, eine Frau und zwei Jungen, das sich nicht weiterbewegte, wurde von den Eiligen, die zum großen Teil auch noch mit Beuteln und Paketen beladen waren, rasch an die Seite gedrängt.

„Geh schon mal allein nach Hause", sagte Tante Britta zu Toni, der den Kopf hob. Dabei sah sie angestrengt in die Menge der Vorbeieilenden. „Ich kann ohne Nadine hier nicht weggehen. Etwas sagt mir, dass sie vielleicht doch noch irgendwo steckt. David wird es ebenso gehen."

„Dann sage ich nochmals: Danke." Toni schien über die Wendung, nun endlich ganz ohne Aufsicht wieder zu sein, recht zufrieden.

„Ahoi", rief er David noch zu, ehe er mit den Hinausströmenden verschwand.

„Aber wo wollen wir noch suchen, hier ist gleich alles dicht." David beobachtete seine Lehrerin, die in den nicht abreisenden Zug der Vorüberdrängenden starrte, in der irrsinnigen Hoffnung, doch noch Nadine dabei zu entdecken.

Nach einer Weile standen sie fast allein an einem der Aus- bzw. Eingänge. Der Pförtner drehte sich gerade um, um hineinzugehen. Gleich würde sich auch diese Tür schließen.

„Hören Sie", rief Tante Britta, „Sie sind meine letzte Rettung", und sie hob wie bittend beide Hände. „Gibt es irgendwo noch in Ihrem großen Kaufhaus einen Ort, wo ein Kind sich aufhalten könnte? Es handelt sich um meine Nichte Nadine."

„Da hätten Sie vielleicht besser ...", gab er erst unwirsch zur Antwort. Dann aber, als Tante Britta einflocht: „Ja, das hätte ich sicher ...", meinte er mitleidig: „Wir haben da so eine Auffangstelle, allerdings jetzt ..."

„Da war ich schon", unterbrach ihn Tante Britta recht artig mit einem dankbar-fordernden Blick, ihr noch immer zuzuhören.

„Dann wüsste ich auch nicht." Sie sah ihm an, dass er es nicht gern sagte.

„Irgend so 'n Rummel um die Puppe Stella", steuerte David bei.

„Ja", ein Aufleuchten ging über das rote Gesicht des Pförtners. „Der Junge hat den Finger drauf. Da war unten in den Werkstätten eine ... eine ... – sie sagen Castingshow – für Mädchen."

„Bitte schnell – wo ist das?" Tante Britta schien wie elektrisiert.

„Die kann aber auch zu Ende sein. Fragen Sie am Hintereingang für das Personal. Nun reicht's aber." Damit zog er eilig eine Uhr heraus und verschwand im Kaufhaus.

„Wir werden es versuchen, David." Tante Britta zuckte zusammen, als die Tür zuschlug. Zwei sehr stille Gestalten, die vermieden, sich anzusehen, gingen am Kaufhaus entlang. Davids eingezogene Schultern sprachen von wenig Hoffnung.

Das siebente Kapitel und Frau Doktor Mechanicus

„Ich dachte immer, der Dr. Mechanicus sei ein Mann", stotterte Nadine reichlich verwirrt.

„Nun, du siehst, der Dr. Mechanicus bin ich", sagte die Frau mit einem heimlichen Triumph in der Stimme und zog Nadine weiter ins Zimmer. Um den Ara und Kater Cyrill kümmerte sie sich nicht. Doch Cyrill huschte durch ihre Beine über die Schwelle und Herr Theodor flog kreischend, „Hier Theodor" rufend, an ihnen vorbei.

„Nun gut", meinte Frau Dr. Mechanicus mit milderer Stimme, äugte erst nach Cyrill, dann nach Herrn Theodor, „vielleicht kann ich sie mit verarbeiten, ihnen irgendeine Mechanik einsetzen, irgendein nettes Maschinchen. Sind zuverlässiger als die Natur."

„Nein, Sie dürfen ihnen nichts tun", flammte sofort Nadines Widerspruch auf. Dabei huschte ihr der Gedanke durch den Kopf, was wohl ihr zugedacht sei. Ein wenig ängstlich sah sie sich um und hätte jetzt gern David an ihrer Seite gehabt. Wieder vermisste sie ihn schmerzlich. Und was würde ihre Tante dazu sagen, dass sie nun doch verschwunden war?

Um den gefärbten Mund von Dr. Mechanicus flackerte ein grimmiges Lächeln auf. „Oh – großer Bonifazius – mit der ist nicht gut Kirschen essen", würde ihr Vater jetzt wohl sagen. Nadine dachte es.

Der Raum stand voller merkwürdiger Geräte, die sich drehten, surrten, mit kleinen silberfarbigen Hämmerchen klopften, Licht versprühten und ein Gefühl von etwas Unheimlichen verbreiteten. Bei Nadine setzte sich ein Übel in den Magen, das ihr zuflüsterte, all das wäre nie mehr anzuhalten, es ginge immer und immer so weiter mit einer Präzision, die sie frösteln ließ. Dazu diese sonderbare Frau Dr. Mechanicus, die selbst so künstlich wirkte wie ihre Geräte. Doch immer wieder schob sich das Bild der anderen Frau, ebenfalls mit roten Haaren, vor ihre Augen, und Nadine würde es beschwören: mit denselben graugrünen Augen. Doch darin war Wärme gewesen und trotz ihrer Schmerzen hatte sie versucht zu lächeln. Ein Lächeln, das kleine Fünkchen in ihre Augen brachte. In diesen Augen, die sie jetzt genauestens musterten, saß eher ein Grün, das an zugefrorene Teiche erinnerte.

„Es sind stählerne Herzen darunter." Frau Dr. Mechanicus zeigte ringsum mit einem langen Stab zwischen den Fingern, als wolle sie gleich in eines hineinstechen, um zu zeigen, wie fest es hielt. „Die gehen nicht kaputt. Eher der, der sie bekommt. Sie klopfen dann noch lange weiter." Ein hohes Kichern hing in ihren Worten. Es klang für Nadine genau so gesteuert wie eines der Geräte. Die Augen hinter den Brillengläsern glänzten wie die Augen eines bösen Insektes. Und aus dem blauen Zylinderhut, den die Frau jetzt aufsetzte, schienen Fühler zu wachsen, die sie gleich abtasten, befühlen, ihr etwas von ihrer Lebendigkeit nehmen würden. Aber vielleicht war auch alles falsch, was sie dachte.

Andere Kinder hätten womöglich versucht, von Anfang an anders zu handeln. Zum Beispiel hätten sie gleich zu Beginn einen Fluchtversuch gewagt. Ordentlich Zweifel plagten Nadine darüber. Denn sie hätten es ebenso wenig gewusst, was folgen würde, wie sie. Schließlich war sie nur gekommen, um die Puppe Stella zurückzuholen. Doch die sah sie nicht in dem Raum, in den sie gezerrt worden war. Lebhaft drehte Nadine ihren Kopf.

Noch während sie das alles dachte, fühlte sie, wie ihre Lebendigkeit nachließ. Es tat ihr plötzlich in den Gelenken weh, noch mehr, als wenn sie die bewegte. Der Ara zwickte sie ins Ohr, aber Nadine verstand nicht, was er ihr hineinkrächzte. Sie starrte nur fassungslos die Frau Dr. Mechanicus an, die nichts getan hatte, als sie unter eine durchsichtige Glocke zu stellen, die über ihr hing und Licht verströmte.

Zwischendurch war ihr die Gewissheit gekommen, die Frau in weiten Pluderhosen und grünem Samtjäckchen, die ‚der' Dr. Mechanicus war, habe gar keine Ähnlichkeit mit der netten Nachbarin Frau Larsen. Gewiss, es gab die gleichen roten Haare und die grünen Augen voller Leuchtkraft, aber es fehlten dazu die einschmeichelnde Stimme, das Lächeln, einfach die warmen Wellen, die von ihr ausgingen. Freilich, es gab da auch das Geheimnisvolle, das rasch aufblitzende Bestimmende, und am Ende wusste es Nadine wieder nicht, obwohl sie vorher ganz sicher gewesen war. Sie konnte auch gar nicht hier sein, weil Frau Larsen kaum laufen konnte. Und überhaupt, Nadines Überlegungen verloren sich in einem Gewirr von Gedanken.

„Tödliches Licht – doch wohlberechnet. Du wirst es schon merken." Frau Dr. Mechanicus schaute angestrengt auf eine Skala an der Wand. Eine Reihe Knöpfe blinkte auf, verlosch, blinkte auf. Jedes Mal ging ein Ruck durch Nadines Körper. Ihre Beine zuckten, die Fingerspitzen bewegten sich auf und ab. Ihre Augenlider klappten auf und zu. Nadines Blick schaute starr in die Luft. Auch der Ara auf ihrer Schulter schien, gleich ihr, alles Leben zu verlieren.

Nach einigen prüfenden Blicken auf den Ara und Nadine wanderten diese auf einige zierliche Hebel, die Frau Dr. Mechanicus erst liebevoll mit den Fingern streichelte, ehe sie von ihr gedrückt wurden, wobei sie ein Stück ihres Armes entblößte und die Goldkettchen an ihrem Handgelenk klingelten. Dabei veränderte sie die Farbe der Strahlen, die aus der Glocke strömten. Zuerst ins Blau, dann in ein dunkles Lila. Wobei Nadines Haare eine hellere lockige Fülle bekamen und ihr Mund sich zu einer runden Öffnung zusammenzog. Er erstarrte zu einem niedlichen Puppenmund. Ein spitzer Zeigefinger bohrte sich in Nadines Wangen und hinterließ auf jeder Seite ein Grübchen, das ein gleichbleibendes süßliches Lächeln festhielt.

„Ich wusste es, ein wirkliches Kindergesicht gibt mehr her als ein geformtes Puppengesicht. Stella hat doch gut gearbeitet, dich hierher zu locken. Sie weiß es noch nicht, aber sie wird nur noch Botengänge erledigen für mich, andere Kinder anlocken, wenn es dich gibt, meine kleine Nadine."

Bei den letzten Worten zuckte Nadine entsetzt zurück. Meine kleine Nadine, das sagte ihre Mutter bei ihren Telefongesprächen und sie fühlte sich geborgen. Hier erweckten sie Misstrauen. Wenn ihre Mutter wüsste, dass sie hier wäre.

Auch wenn das Entsetzen Nadine nur wie einen faden Abklatsch durchlief, nur wie der Widerhall eines tiefen Entsetzens, rief alles in ihr: Wehre Dich! Sie vermochte noch zu denken, wenn vielleicht auch etwas langsamer als sonst. Sie brauchte mehr Zeit, ehe alles in ihrem Kopf ankam.

Mit einem leisen „Plopp" fiel ihr der Ara von den Schultern, völlig entkräftet, ein schrecklicher Anblick für Nadine. Noch schrecklicher quälte sie der Argwohn, was der Kater Cyrill mit ihm anstellen würde. War er für ihn ein unverhoffter Leckerbissen?, argwöhnte Nadine. Aber sie vermochte es sich nicht wirklich vorzustellen. Mit einem Grinsen, das sie mehr glaubte zu sehen, als dass es wirklich auf Cyrills Katergesicht erschien, zog er mit Pfoten, an denen die Krallen sorgsam versteckt blieben, den Vogel zu sich heran, um ihn mit seinem Leib zu bedecken. Das dürfte nicht wirklich die Rettung für Herrn Theodor sein. Ein Vogel in den Pfoten eines Katers – einem, der schon eine Weile nichts gefressen hatte. Ob es da nicht die mildere Art wäre, unter den Strahlen einer unbarmherzigen Lampe zu sterben, fragte sich Nadine beklommen. Doch das sind so Fragen, die kommen und gehen, die man sich nur leise, fast im Verborgenen stellt und vor deren Beantwortung man sich fürchtet. Nadine versuchte, nicht weiter darüber nachzudenken.

„Armer Herr Theodor", wollte Nadine flüstern. Doch über ihr Puppenmäulchen kam kein Laut. Nur tief in ihrem Inneren hörte sie ihre eigene Stimmer flüstern: „Nun werde ich mir fremd. Ich werde mir fremd", wallte es in ihr hoch. Ein grauer Schleier legte sich über all ihre Wahrnehmungen und Gefühle und trübte ihr Bewusstsein.

Behutsam fing Frau Dr. Mechanicus, die jetzt den blauen Zylinderhut ablegte, den sie wohl gegen die schädigenden Strahlen getragen hatte, Nadine auf. „Nur nicht beschädigen, nicht – nicht daran rühren." Das war ein fast unhörbares Flüstern. Den leblosen Körper mehr schleifend als tragend, beförderte sie die seltsam schöne Puppe, zu der Nadine nach Ansicht des Katers Cyrill geformt war, in das Nebenzimmer. Er selbst folgte beiden wie ein Schatten auf lautlosen Samtpfoten, den Ara mit sich schleppend.

Hier saßen schon andere Puppen auf allen möglichen Stühlen, Hockern, Sofas und Sesseln herum. Nadine wurde in eine Hängematte gelegt, die Frau Dr. Mechanicus leicht anstieß, dass sie hin- und herschwang. Unter der Hängematte krallte sich Cyrill fest, im Maul den ohnmächtigen Herrn Theodor. Frau Dr. Mechanicus schloss die Tür hinter sich.

Cyrill stopfte den Vogel durch eine der geknüpften Maschen. Er selbst hangelte seinen geschmeidigen Körper nach einem geglückten Sprung nach oben und begann, Nadines Füße zu reiben. Die Puppenaugen, alle auf den Kater Cyrill gerichtet, beobachteten ihn argwöhnisch.

Jede Puppe hielt einen Handspiegel vor sich. Sie mussten hineingesehen haben, ehe Dr. Mechanicus mit Nadine aufgetaucht war. Spiegel im ganzen Zimmer, selbst an der Decke hingen welche. Die Puppen schienen sich in ihnen zu vervielfachen. Kaum waren die Puppen in den Spiegeln von denen, die auf Stühlen und Sesseln saßen, zu unterscheiden. Das Allerscheußlichste aber waren die Puppenteile, Körper, paarweise Arme und Beine, Puppenköpfe ohne Haare baumelten an Stricken von der Decke. Dazwischen hingen Perücken in allen möglichen Farben und Frisuren. Mit schwarzen Ponyfransen, lange baumelnden Zöpfen, Perücken zum Pferdeschwanz gebunden, mit üppiger Lockenpracht. Auf einem Tisch lagen Puppenaugen nebeneinander. Sie schienen ein Eigenleben zu führen.

Es begann mit einem zaghaften Raunen, gezischelten abgerissenen Worten: „Ah ... Oh ... seht die neue Puppe Stella ist da."

„Mir tut sie leid", flüsterte eine der Puppen.

„Sie wird noch merken, wie das ist, eine Puppe Stella zu sein", hauchte eine andere.

„Oh ja, oh ja", raunte es im Chor. Durch die geschlossene Tür drang ein hohes Kichern, in das sich ein zaghaftes „Hier Theodor" mischte. Es kam aus der Hängematte.

„Ist es das Mädchen, das uns helfen will, Stella?", wisperten einige Puppen.

„Du bist dafür, dass du geplaudert hast, hart bestraft worden", sagte eine andere Puppe. Das hörte Nadine wie aus weiter Ferne.

„Sehr hart", sagte Puppe Stella. „Ich habe jetzt das eiserne Herz bekommen. Aber vielleicht besinnt sich Nadine. Noch habe ich Hoffnung."

„Das glaube ich nicht. Jetzt, wo die Dr. Mechanicus die Hände nach ihr ausgestreckt hat."

„Aber Nadine hat Verstand. Sie ist noch keine Puppe. Noch kann sie sich besinnen ..."

Nadine lag mit steifen Gliedern, doch allmählich pulsierte angenehme Wärme durch ihren Körper. Ein Gefühl des Wohlbehagens stellte sich ein und nur das sanfte Reiben des Katers Cyrill störte sie. Überhaupt kamen ihr die Berührungen der Katzenpfoten unangenehm vor. Ganz plötzlich empfand sie Abscheu gegen den treuen Cyrill.

„Lass das", meinte sie laut zu sagen. Aber in Wirklichkeit kam kein Laut aus ihrem Puppenmund. Doch sie stieß heftig mit den Füßen gegen Cyrill. Weshalb waren sie ihr überhaupt gefolgt? Sie brauchte keine Aufpasser, schon gar nicht einen unnützen Kater Cyrill.

Oh, nun schwelgte sie in angenehmen Träumen, die niemand stören sollte. Ja, sie fühlte sich sehr wohl und die Furcht vor Dr. Mechanicus war überflüssig, denn sie hatte sich in die nette

Nachbarin Frau Larsen verwandelt und Nadine hatte ihr dabei zugesehen. Erst verschwanden unter einigen abrupten Befehlen und geheimnisvollen Handbewegungen die Maschinen, die klopfenden und zuckenden Herzen aus den Regalen. Alles Hämmern, Surren, das gleißende Licht erlosch, dafür breitete sich Stille aus. Köstliche Stille, und leise, angenehme Musik erklang. Nadine befand sich in einem hellen freundlichen Raum mit großen Fenstern, der sich weit oben befinden musste, denn außer einem blauen Himmel dahinter sah sie nichts. Nur wenn sie ganz nahe ans Fenster trat, schaute sie auf Dächer und Türme. Ganz unten erblickte sie Straßen, auf denen kleine Autos fuhren. Aber ihr kam keine Erinnerung, ob das etwas mit der Stadt zu tun hatte, in der sie bei Tante Britta wohnte.

Überhaupt Tante Britta – die bekam dieses Briefchen von ihr, na das genügte doch! Sorgen? Ach, Tante Britta war mit ihren Heften beschäftigt, David mit seinen Katzen. Er würde eher dem Kater Cyrill nachtrauern. Außerdem, Nadine strich sich über die Stirn, es lag alles so weit zurück. Stolz sah sie sich um. An allen Wänden hingen riesige Plakate von ihr ... nun nicht ganz von ihr, von Puppe Stella. Aber sie war diese Puppe Stella geworden. Und wie die Dr. Mechanicus immer wieder betonte: „Ohne Puppe Stella geht gar nichts mehr."

Ja, sie musste jetzt auch an ihre Eltern denken. Eltern? Stella-Nadine hörte in sich hinein. Eltern – nun, das waren Vater und Mutter, aber sie waren ihr so fern gerückt. Das Erfreuliche daran, Nadine runzelte sich besinnend die Stirn, sie ähnelte gar nicht mehr ihrer Mutter.

„Welch reizender Mund!" oder „Diese Locken", bekam sie lobend von allen Seiten zu hören. Ihre Augenfarbe war jetzt ein strahlendes Blau, dank der netten Dr. Mechanicus, die ihr Augenlinsen eingesetzt hatte.

Und sie wohnte jetzt bei ihr, weil es wegen der vielen Termine, zu denen sie musste, viel praktischer war. Denn: „Nichts geht mehr ohne die Puppe Stella." Das war der Werbespruch, der sie alle befehligte. Heute zu einer Fotoaufnahme. „Wir brauchen neue Titelbilder von dir. Alle bunten Zeitungen wollen neue." Morgen eine Parfümschau, Modenschau, Schuhmesse. Puppe Stella trägt weiße Jeans, sie benutzt Parfüm Sternenstaub, sie läuft in Schuhen von Prada. Sie liest gerade das Kinderbuch ... Sie schläft in Bettwäsche der Firma ... Was sie isst und trinkt, wurde stündlich im Radio vermeldet.

„Später kannst du deinem Vater einen eigenen Verlag für Kinderbücher schenken. Er ist ja nicht allzu erfolgreich. Dann kannst du alles drucken, was dir gefällt, im ‚Stella-Verlag'."

Frau Dr. Mechanicus bemühte gern das Wort später und was da alles möglich wäre. Doch jetzt, doch heute sei vordringlich, was ‚Sie' anordnete, das müsse Nadine-Stella verstehen.

„Vergiss, dass du Nadine bist, dann geht alles besser. Und höre auf, solche Sprüche zu sagen, die dein Vater auf den Lippen hätte. Es ist nicht mehr modern, auf seine Eltern zu hören. Puppe Stella hat einfach keine Eltern. Das passt nicht zu ihr. Puppe Stella ist von einem anderen Stern und sie gehört allen ... allen ... allen." Frau Dr. Mechanicus lachte und lachte ein hohes, irres Lachen. Dabei fiel ihr eine der Haftschalen aus den Augen, mit denen sie so milde und voller Verständnis Nadine angeschaut hatte. Auch sonst musste sie manchmal an ihren Gesichtszügen ziehen, um das freundliche Lächeln zu erhalten. Nadine bemerkte es mit einem leichten Schwindel, der durch ihre Glieder fuhr.

„Lächle ... lächle ... Stella, mein Kind", befahl Dr. Mechanicus und ihre Stimme bezauberte Nadine mit ihrem weichen Klang.

Stella stand – nein Nadine stand und lächelte in einem Kleid ganz in Weiß, in Hosen ganz in Weiß und Pullis und Schuhen ganz in Weiß, mit einer Tube Creme in der Hand, die sie anpries.

„Vielleicht nun eine weiße Siamkatze dazu? Macht sich bestimmt gut", schlug der Starfotograf vor und umkreiste mit seiner Kamera Nadine. Wobei er ununterbrochen Fotos schoss.

„Ach ja", es war wie ein leises Erwachen, wunderte sich Nadine plötzlich, „da gab es doch Cyrill und den Ara Herrn Theodor."

„Wunderbar", rief der Fotograf entzückt ... wo ... schnell ..."

„Nichts da", bestimmte Frau Dr. Mechanicus, „die beiden gibt es nicht mehr. Sie haben meine stählernen Herzen nicht vertragen. Bringt ihr eine andere Katze." Natürlich gab es auch anderes Unangenehmes, was sie hinnehmen musste. An ihren Beinen fehlte die nötige Länge, die Puppe Stella haben sollte.

Frau Dr. Mechanicus schnallte deshalb Nadine auf einem Streckbett fest und dann zog sie kräftig an Nadines Füßen. „Es muss sein", sagte sie ohne aufzuhören, als Nadine aufschrie.

„Es tut sehr weh", wimmerte Nadine. Aber der Anblick im Spiegel entschädigte sie dafür. Dr. Mechanicus tat es im Grunde nur ihr zu liebe. Später wurde ihre Taille geschnürt, um sie um einige Zentimeter noch zusammenzudrücken.

„Oh, nur ein bisschen Luft noch", stöhnte Nadine auf.

Sie lernte, anders zu gehen, steif wie eine Puppe und kerzengerade, aber mit einem leichten Schwung in den Hüften, der von allen Zuschauern bei Modevorführungen mit Kreischen belohnt wurde. Wie auf einer weichen Wolke schritt sie dann dahin. „Welcher Porzellanteint", wurde gerufen, voller Bewunderung.

„Pflegt euer Gesicht mit Goldwatercreme. Goldwatercreme ist nun mal die Beste." Nadine nahm von einem hingehaltenen Tablett ein Döschen der angepriesenen Goldwatercreme und hielt sie hoch. „Goldwatercreme für den Tag und für die Nacht."

„Aber", wagte da ein junges Mädchen zu rufen, „bei mir hat sie hässliche rote Flecke im Gesicht hinterlassen." Doch diese einzelne Stimme wurde gleich von vielen anderen Stimmen übertönt.

„Morgen ist dein rosa Tag." Dr. Mechanicus erschien am Bett von Nadine. „Du wirst alles in Rosa tragen von der Firma Libelle. Lern deinen Text und versprich dich nicht wieder."

„Es geschah mir einfach. Die vielen Namen von ... von ..." Nadine schmollte. Ja, das gehörte auch dazu, einmal zickig zu sein. Das war ihre Rache, mal nicht zu wollen. Mal nicht zu lächeln. Doch sie hatte es bisher nur zweimal gewagt, die Strafe, die sich Dr. Mechanicus ausgedacht hatte, brachte sie schnell wieder dazu, ‚vernünftig' zu sein.

„Erlaub dir keine Zicken", drohte ihr Dr. Mechanicus mit einem boshaften Grinsen im Gesicht. Es verschwand sehr schnell und machte einem breiten Lachen Platz.

„Dazu isst du alles in Rosa. Es wird im Fernsehen übertragen werden. Früh ein rosa Müsli: gefärbte Haferflocken mit Himbeeren. Danach Erdbeermarmelade auf rosa Toastbrot, das Neueste für Kinder. Soll wohlschmeckend sein."

Nadine nickte und überlegte, ob sie das eklig rosa gefärbte Zeug ausspucken könnte. Der Film, der vor ihren Augen ablief, bekam allmählich Risse und Sprünge. Von sehr weit hörte sie Stimmen, die riefen, die ihren richtigen Namen gebrauchten.

„Nadine ...? Nadine? Bist du da drin?" Sie unterschied jetzt zwei Stimmen. Es waren Stimmen, die sie an Tante Britta erinnerten und an David.

Jemand drückte ihr eine weiße Katze in den Arm, die sich verzweifelt wehrte. Der Fotograf wurde ungeduldig.

Nadine sah jetzt voller Schrecken, wie auch das zweite Auge Güte und Anteilnahme bei Dr. Mechanicus verlor. Da lag etwas am Boden, direkt vor ihren Füßen und den Schuhen in Weiß. Und Nadine trat darauf.

„Au!" schrie die Frau Mechanicus. „Pass auf, du dummes Ding!" Die grünen Augen glitzerten unheimlich, wie bei einem bösartigen Insekt.

„Wo ... wo ... ist Cyrill?", schrie Nadine. Eiseskälte schüttelte sie. Eine weiche Zunge schleckte ihr über das Gesicht. „Cyrill", flüsterte Nadine. Langsam kam sie zu sich. „Cyrill, es gibt dich noch?" Cyrill bearbeitete gerade ihre Hände. Er rieb jeden einzelnen Finger, bis neue Wärme in sie hineinströmte. Als sie an das dachte, was sie eben recht anschaulich erlebt, gesehen, geträumt hatte, stieß Nadine einen Schrei aus. Ihr Schrei weckte die Puppen in ihren Sesseln, Hockern, auf Stühlen und Sofas aus ihrem Dahindämmern auf. Sie rissen ihre Puppenaugen auf. An Nadines Ohren drang leises Flüstern. Aber ihre ganze Aufmerksamkeit galt dem Kater Cyrill. Und wo befand sich Herr Theodor? Ihr Herz klopfte schneller. Mit einem enormen Buckel, wobei seine Schwanzspitze sanft über ihr Gesicht strich, richtete sich Cyrill auf. Unter verstohlenem „Miau" balancierte er über die Maschen der Hängematte. Es hörte sich für Nadine an, wie: „Komm ... komm."

Und Nadine versuchte, es Cyrill nachzutun, sich aufzurichten. Es gelang ihr nur mühsam. Doch allmählich gewann sie wieder Gewalt über ihre Beine und die anderen Gliedmaßen. Etwas später stand sie etwas benommen und leicht schwankend auf dem Fußboden. Ihre Augen entdeckten die Puppe Stella. Ihr Anblick erweckte Wut und zugleich Mitleid in ihr und gab ihr neue Kraft. Zusätzlich schoss eine heiße Welle der Empörung in ihr hoch.

„Du verlogenes Ding, mich hierher zu locken." Nadine schüttelte die Puppe kräftig.

„Es war nicht meine Schuld, Nadine. Ich wurde geschickt. Dann kam die Kutsche, mich zurückzuholen. Überleg, wie du hierher gekommen bist."

„Hm", Nadine bemühte sich, sich darauf zu besinnen. Sie zögerte, dann: „Es war so eine Art von Verzauberung." Sie verwendete das Wort nicht gern. Schon kam es ihr zu verstiegen vor, aber sie fand kein besseres.

„Doch, du kommst mit!" Nadine packte die Puppe Stella, die in ihren Armen steif wurde, starr wie eine gewöhnliche Puppe. Aber Nadine hatte keine Zeit darauf zu achten. Jeden Augenblick konnte die verrückte ... verrückte Puppenmeisterin, diese Dr. Mechanicus zurückkommen. Die musste sie überlisten. Selbstverständlich würde sie versuchen zu fliehen und Stella mitzunehmen. Es blieb nur die Frage – wie? Ihr Blick suchte in ihrer fatalen Lage nach dem Kater und Herrn Theodor. Der Ara pickte und zerrte an der Halterung der Hängematte. Herr Theodor schien etwas vorzuhaben. Oder sah sie nur, was sie sehen wollte in ihrer Bedrängnis?

Ein Seil spannen – fiel ihr ein. Sie hatte kein Seil, aber sie hatte die Hängematte.

„Ach, Herr Theodor, kluger Vogel", jubelte Nadine sehr leise. Jetzt zerrte sie hastig auf ihrer Seite die Hängematte vom Haken. Dann legte sie diese auf den Boden, zwei Schritte hinter der Tür. Sie musste sich noch öffnen lassen. Bei ihren schnellen Bewegungen behinderte sie Stella und sie setzte sie ziemlich unsanft auf die Erde.

„Achtung", flüsterte sie schließlich Cyrill und Herrn Theodor zu, nachdem sie sich noch einmal umgeschaut hatte. Nadine nahm die Puppe auf. Da hörte sie: „Ich bin nicht, bin ...", quälte sich Stella ab, etwas zu sagen. Das war wahrhaftig nicht die Zeit für eine Mitteilung von recht sonderbarer Art. Doch ihre Worte blieben in Nadines Ohr haften und meldeten sich später zu Wort.

„Gib dir etwas Mühe", herrschte sie die Puppe an und versuchte es mit Rütteln, dass sie beweglicher wurde. Doch da fingen die Puppen an zu plärren. Sie kreischten plötzlich in den höchsten Tönen ihr „Mama, Papa, Mama, Papa".

Nadine wusste nicht, ob das gut war, aber es konnte von ihr ablenken. Draußen vor der Tür musste sich etwas tun.

„Nadine ... wo bist du, Nadine?"

Da flog auch schon die Tür auf und eine im Gesicht kreideweiß aussehende Dr. Mechanicus stürmte herein. Gerade noch gelang es Nadine, sich neben die Türöffnung zu drücken. Aber da kroch schon diese ungute Vorahnung auf sie zu.

„Was ... was soll der Lärm? Was ist hier los?", kreischte Dr. Mechanicus. Doch nach dem zweiten Schritt ins Zimmer geriet sie mit einem Fuß in die heimtückisch daliegende Hängematte. Einen Teil Schuld daran durfte man auch Herrn Theodor anlasten, der ihr krächzend ins Gesicht flog, und auch Cyrill, der an der Hängematte am Boden zog.

„Oh ... oh ... oh", riefen die Puppen im Chor. Es klang wie ein Chor in der Oper, der Unheil ankündigt. Für Nadine tönte es wie das Signal zum Losrennen, aber da kam ihr ein Puppenbein in die Quere. Sie stürzte, stürzte auf Cyrill, der ihr wütend fauchend eine Pfote ins Gesicht schlug.

„Entschuldige, Cyrill", murmelte sie hastig, ohne zu vergessen, dass sie schnell wieder auf die Füße kommen musste.

„Du bleibst hier, Nadine!" Die scharfe Stimme krallte sich an ihr fest und hemmte ihre raschen Bewegungen.

Zur gleichen Zeit standen sie beide wieder auf den Beinen und musterten sich nun. Für Nadine schien sie um etliches gewachsen zu sein, diese Dr. Mechanicus. Und anders als vorhin in der Traumwelt, sah sie in ein glattes, fast unbewegtes Gesicht. Nur die Augen zogen sich zu einem tückischen Blick zusammen.

„Ich habe dir gezeigt, wie es mit dir werden kann und ganz ohne Beschönigung. Aber das war erst der Anfang. Wenn du ganz Puppe Stella geworden bist, wird es noch leichter werden, ganz leicht. Du wirst über allem schweben. Und damit alles schneller geht, will ich es dir nur erleichtern", sagte sie mit einem falschen Lächeln, das nur ihre Zähne entblößte. Der harte tückische Blick fixierte sie weiter: „Ich werde dir eines meiner stählernen Herzen einsetzen. Es geht ganz rasch, du wirst es sehen, meine kleine Nadine."

Während sie sprach und Nadine es voller Entsetzen hörte, kam die Puppenmacherin mit kleinen, kurzen Schritten immer weiter auf sie zu. In der gleichen Weise wich Nadine zurück. Irgendwann, wahrscheinlich beim Aufrichten nach dem Sturz, musste sie nach Puppe Stella gegriffen haben, denn sie hielt sie wie ein Schild vor sich her. Etwas ... etwas wollte sie zwischen sich und diese verrückte Dr. Mechanicus bringen. Nein – es war mehr. Sie wollte sich doch nicht hinter der Puppe verstecken! Mitnehmen wollte sie Puppe Stella, nicht zurücklassen, sie nicht an Dr. Mechanicus ausliefern. Aber da stieß sie gegen die Wand und ein weiteres Rückwärts gab es nicht mehr.

Das achte Kapitel und drei sind mehr als eine

Während Nadine nicht wusste, was sie als Nächstes tun sollte, sorgten David und Tante Britta draußen für einen energischen Auftritt bei der sichtlich nervösen Assistentin. Ihr rechtes Augenlid zuckte ohne aufzuhören.

„Sie können nicht einfach daherkommen und alles durcheinanderbringen. Der Ablauf ist geplant."

„Wo befindet sich meine Nichte Nadine, ich sehe sie nirgends? – Nadine, zeig dich, Nadine?" Auch Tante Britta schien nun mit ihren Nerven am Ende zu sein. „Aber das Kind muss hier sein", beharrte sie störrisch. „Der Pförtner hat gesagt ..."

„Hier geht es der Reihe nach", beschwerte sich eine der Mütter. „Stellen Sie sich hinten an. Oder kommen Sie von der Direktion? Da haben wir schon jemand", sagte die Mutter, die Rosi an ihrer Seite fest an der Hand hielt.

„Wir wollen gar nicht bevorzugt werden", meinte die schmale blonde Frau schüchtern.

„Meine Schwester legt nur großen Wert darauf ..., dass meine Tochter Astrid ..."

„Hab schon verstanden", murmelte die Assistentin und winkte einem Fotografen zu, der eine Lampe zu richten versuchte, die er dorthin und dahin fuhr, ohne sich entscheiden zu können, wohin sie nun sollte.

„Ich komme jedenfalls zuerst dran. Schon weil ich Astrid heiße. A ist immer vorn dran." Sehr selbstbewusst richtete sich das blonde Mädchen auf. Ihr Kleid endete weit über den Knien. Ihr Faltenrock wippte und gab einen Blick auf ein reich gerüschtes Spitzenröckchen frei. Das Mädchen fixierte das andere Mädchen im hellblauen Taftkleid mit der Schleife im ebenfalls blonden Haar missbilligend. Die schien ihr eine Konkurrentin zu sein und war ernst zu nehmen. Ab und zu knickte sie auf den hohen Absatzschuhen mit den Füßen um, wenn sie aufstand, um ein paar Schritte zu gehen. „Locker – locker", sagte sie vergnügt dabei und spreizte alle fünf Finger an jeder Hand. Es diente ihr dazu, das Gleichgewicht besser zu behalten.

„Na ja", sagte da der Fotograf leicht gelangweilt, „dann fang mal an. Dreh dich und steig da hinauf." Er zeigte auf ein Podest, das jemand hereingerollt hatte.

„Astrid, so tu's schon", flüsterte die blonde Mutter beschwörend. „Du weißt, wir sind von ihren Launen abhängig. Und noch, wo Leon verschwunden ist."

„Tu ich schon, Mam. Keine Angst, das klappt bestimmt", verhieß Astrid siegessicher und folgte dem Fotografen. Begleitet wurde sie von einem einstimmigen Jammerlaut: „Och die ..."

„Wie albern", wusste Tante Britta dazu zu sagen, die sich tatsächlich einen Augenblick und für ein tiefes Atemholen gesetzt hatte.

Nicht so David. Er schob sich an der Wand entlang, die an ein Nebenzimmer grenzen musste. Von Zeit zu Zeit drückte er ein Ohr daran, wobei er heftig mit einer Hand wedelte, um anzudeuten, er brauche Ruhe. Wieder legte er lauschend ein Ohr an die gemusterte Tapete. Beruhigend murmelte er zu seiner Lehrerin: „Sie ist da drüben, Nadine, bestimmt. Ich habe Cyrill gehört. So faucht nur ein Kater, wenn er gereizt wird." Mit einem verlegenen Lächeln sich seiner Lehrerin zuwendend, sagte er: „Wir haben sie. Nadine!" brüllte er dann los. „Wenn du mich brauchst, ich schlage die Tür ein." Er tastete die Tapetentür ab, die er entdeckt hatte, die ganz ohne Klinke war.

„Nichts da, Junge, hier wird nicht randaliert." Die Assistentin löste sich aus einem Streitgespräch mit einer Mutter, die auf den Hut bestand, den ihre Tochter bei der Aufnahme tragen sollte.

„Wenn du das Mädchen meinst mit den Tieren, natürlich, Nadine, war ihr Name." Sie strich sich über die Stirn. „Gerade wird sie geschminkt und hergerichtet. Das dauert etwas."

„Aber wir warten nicht lange", drohte Tante Britta jetzt an. „Das Kind muss her. Ich bin ihre Tante und für sie verantwortlich."

Auf der anderen Seite der Wand tobte ein Kampf, von dem noch niemand zu sagen wusste, wer als Sieger hervorging. Nadine schon gar nicht. Denn ihr kam es so vor, als wäre sie zweigeteilt. In eine Nadine, die der verrückten Dr. Mechanicus gegenüberstand, Puppe Stella an ihren Leib gepresst. Wobei sie alles aufbot, um den Blitzen, die aus den grünen Augen auf sie schossen, standzuhalten, nicht gelähmt davon zu werden. Gleichzeitig war ihr aber auch so, als wäre ihr Vater in der Nähe und sie müsse ihm diese vertrackte Lage erklären. „Paps, du hättest nicht gewollt, dass ich kneife. Bestimmt nicht. Versteh doch! Puppe Stella will gerettet werden. Sie noch länger bei der Dr. Mechanicus zu lassen ... sie würde sie zerstören. Und sie ist doch schon fast ein Kind. Fast ... fast, wenn auch vielleicht noch nicht für immer, aber ..." Nun wusste sie nicht weiter. „Aber du musst es aufschreiben, Paps, es ist wichtig für die anderen Kinder." Da fuhr ein grüner Blitz vor ihr in den Boden.

„Herr Theodor, Cyrill!", rief Nadine den Tieren zu. Eine plötzliche Angst, hier nie mehr herauszukommen und den grünen Augen nicht entgehen zu können, weckte alle Kräfte in ihr. „Auf sie mit Gebrüll!" befahl sie jetzt, als zöge sie in eine Schlacht. Wirklich, ihr war auch so. Da fiel ihr gehetzter Blick auf die Puppen ringsum. „Macht mit, los, los!" Ihre Blicke vermochten keine Blitze zu senden, aber es saß jetzt eiserner Wille in ihnen, dass selbst die Puppen wohl etwas davon spürten.

„Oh ... oh ... oh", stimmten sie wieder an. Eine Welle davon schwappte über und riss sie mit. Die Puppen erhoben sich.

Nadine rief noch einmal: „Cyrill, Herr Theodor!" Dann löste sie sich von der schützenden Wand, mit einem Schrei angelte sich Nadine mit wenigen Schritten einen der zierlichen Puppenschirme, unter denen einige Puppen saßen. Sie benützte ihn wie einen Pfeil und schoss ihn geradewegs auf eines der giftig grünen Augen zu. Cyrill sprang in die Höhe, zwei ausgestreckte Pfoten, an denen alle Krallen ausgefahren waren, auf das Gesicht der Dr. Mechanicus gerichtet. Dann kam da noch Herr Theodor, der Ara. Seine Flügel waren in Nadines Augen um etliches gewachsen. Ein Regen aus zersplitternden Spiegelscherben und Glasscherben prasselte auf Dr. Mechanicus nieder. Die Puppen entledigten sich der zierlichen Handspiegel. Als Wurfgeschosse wurden sie zu spitzen Spiegelscherben. Von oben fielen, purzelten Perücken, Haarteile, lose Beine und Arme.

Nadine stand, einen winzigen Moment sah sie sich um. Da gab es niemand, der ihr zusah, gerade jetzt hätte sie gern einen Zeugen gehabt, denn ihr war, als geschehe das alles auf ihren Befehl. Dr. Mechanicus verschwand in einem giftig grünen

Nebel. Nadine stand und schaute auf Cyrill an ihrer Seite, den Ara, der sich auf ihrer Schulter niederließ. Gerade flog unter Krachen die Tür auf.

„Oh ... oh ... oh", riefen die Puppen und setzten sich wieder. Nadine sah Tante Britta auf der Hängematte am Boden liegen, daneben David, der sich ein Knie rieb, dann aber grinste. Nadine eilte, ihrer Tante aufzuhelfen. David besorgte das allein.

„Bin ich froh, dass du es nur bist, Tante Britta", stöhnte Nadine auf.

„Wer sollte es sonst sein?", knurrte sie. „Konnte wirklich nicht länger warten."

„Bin auch noch da", meldete sich David gekränkt. „Und ist das hier ein Puppenmuseum?" Tante Britta musterte Nadine argwöhnisch. „Ist dir auch gut? Du siehst blass aus. Keine Aufregung, draußen habe ich für Ordnung gesorgt." Tante Britta schloss Nadine endlich in die Arme.

„Bloß, wie siehst du nur aus?", rief David empört. „Scheußlich, Nadine, gefärbte Haare." Worauf ihm Nadine einen eisigen Blick zuwarf. „Es gab anderes zu tun, von dem du keine Ahnung hast", keuchte sie.

„Na, ich meine es ja nicht so", sagte er gleich versöhnlich darauf.

„Und warum bist du nicht durch diese Tür gekommen, als wir dich gerufen haben?" Tante Britta zeigte auf eine Tür, die in den Gang führte und von innen geöffnet wurde.

„Ich ... habe sie einfach nicht bemerkt", stotterte Nadine verwirrt. Wieso war plötzlich alles so anders, wieder so ... so normal? Nadine sah sich in dem Raum um, als wäre er ihr völlig neu. Und das war er auch.

Spiegel gab es da und selbstverständlich Puppen in großer Zahl. Die Puppen waren nach Nummern geordnet. Es gab Erklärungstafeln dazu. Die Puppen saßen schön geordnet auf Puppenstühlen und Puppensofas. Sie saßen um Tische und Puppengeschirr stand darauf. Was vorher eher einer Abstellkammer glich, hatte sich in ein schmuckes kleines Puppenmuseum verwandelt.

„Und drüben?", wagte Nadine zaghaft zu fragen. „Was ist da nebenan?"

„Das müsstest du doch wissen." Tante Britta schaute Nadine verunsichert an. „So 'ne Art Filmstudio, wo diese verrückten Mädchen, die alle Puppen werden wollen, fotografiert werden. Oder was auch immer. Und du gehörst dazu, wurde mir gesagt." Tante Brittas Stimme konnte nicht noch vorwurfsvoller klingen. „Hast du keinen Gedanken an uns verschwendet?"

„Aber da gab es diese Frau Dr. Mechanicus", wollte Nadine zu ihrer Verteidigung anführen, „und die ganzen Apparate, die hämmerten und klopften. Das trügerische, heimtückische Licht nicht zu vergessen." Stattdessen schwieg sie und folgte ihrer Tante, die durch das Filmstudio ging, so als wäre das nichts Besonderes. Dort war man beim Einpacken. Die nette Assistentin sagte gerade zu den wartenden Müttern: „Sie bekommen alle schriftlichen Bescheid."

„Das wollen wir doch annehmen. Komm, Rosi, du warst die Beste." Die Mutter von Rosi schnappte ihr Kind.

„Und du, Nadine, solltest noch mit deinen Tieren üben. Da war noch nicht alles so ..."

„Aber wo ist die Dr. Mechanicus?" Jetzt kam Nadine die Frage doch über die Lippen.

„Ach, das ist nur so eine Legende, die wir pflegen wollen." Die Assistentin unterdrückte jetzt ein Kichern. Da alles vorbei war, fand sie auch ihre gute Laune wieder. „Unser Phantom im Kaufhaus, du hast davon gehört? So was zieht Kinder an. Zwischendurch ein kleiner Schauer beim Einkaufen, man könnte dem Phantom begegnen, das in den Katakomben haust – wie gruselig."

„Nein ... nein, ich habe sie doch wirklich gesehen. Sie hat mich doch ..." Ihre Tante sah sie auf einmal recht sonderbar an.

„Moment mal", murmelte Nadine. Sie lief zurück. Neben der Tür im Puppenmuseum saß Puppe Stella. Die steifen Puppenarme reckten sich ihr entgegen.

„Jetzt können wir gehen. Ich habe die Puppe Stella, die Frau Larsen gehört, wieder." Tante Britta fasste fest nach Nadines Hand.

„Folgen Sie dem ansteigenden Weg, er führt zur Tiefgarage", rief ihnen die Assistentin nach. „Und auf Wiedersehen."

„Auf niemals wieder", kam es recht schroff von Tante Brittas Lippen. Sie gerieten in einen Gang, in dem sie noch niemals gewesen waren, aber der allmählich anstieg. Von irgendwoher erklang undeutlich, dann hörten sie es genauer, das Rasseln und Klirren von Karren. In Nadines Ohren bekam es den Klang von Weihnachtsglocken. Es wurde noch immer beladen und entsorgt.

Da war sie wieder in der Wirklichkeit, an der Seite ihrer Tante Britta und Davids. Sie trug die Puppe Stella nach Hause, Cyrill und Herr Theodor folgten ihr. Nadine war sehr zufrieden, so wie es war. Ihre Tante hatte nach ihr gesucht und David.

Ein Karrenfahrer mit Paketen im Arm kam ihnen entgegen. „Wohl verlaufen?", fragte er gutmütig. Schon verschwand er wieder eiligst. Dann geschah das Wunder. Mitten in der Tiefgarage entdeckte Nadine die schwarze Kutsche. Als habe sie die bestellt. Wie ein guter Freund stand sie da, so als wartete sie auf Nadine. „Cyrill, Herr Theodor, einsteigen", wollte sie gerade rufen. Doch mit einem scheuen Blick auf Tante Britta unterdrückte sie das Verlangen.

„Siehst du ... siehst du vielleicht eine schwarze Kutsche, Tante Britta?", fragte sie zaghaft.

„Nicht die Bohne", sagte die. Auch David schüttelte den Kopf.

„Nun, ich dachte bloß."

„Vielleicht tut es auch ein gewöhnliches Taxi, um nach Hause zu kommen, Nadine." In Tante Brittas Stimme kam ein unheilvolles Grollen auf. „So wie du aussiehst, können wir weder in eine Straßenbahn steigen noch in einem Bus fahren."

Das neunte Kapitel: Und was nun?

Nach einem abwartenden Blick auf Tante Britta meinte Nadine: „Ich schaffe nur die Puppe wieder nach drüben. Da gehört sie hin. Wirklich, ich komme gleich wieder." Sie versicherte es mit einer Stimme, die ganz dunkel klang, so viel versuchte sie an Ehrlichkeit hineinzulegen. Nadine wusste auch, noch einen Zwischenfall durfte sie ihrer Tante nicht zumuten.

„Na schön, muss wohl sein." Ihre Tante guckte trotzdem voller Misstrauen auf Nadine. Zu David sagte sie: „Jetzt gibt es keinen großen Gedankenaustausch mit Nadine. Du trollst dich und siehst nach, ob deine Mutter zu Hause ist. Und danke für deine Begleitung. Von deinen Schulden bei mir streiche ich dir so einiges." Dabei stahl sich bei den letzten Worten ein leises Lächeln in ihre Augen. Mit einem freundschaftlichen Schubs gab sie ihm die Richtung an. Sie selbst rührte sich nicht vom Fleck und sah Nadine nach. Man konnte ja nicht wissen ...

David musste Ähnliches denken, er blickte Nadine ebenfalls hinterher. „Diese Puppe ist mir doch unheimlich", blieb er bei seinem einmal gefällten Urteil.

„Nadine sieht nicht viel besser aus", knurrte Tante Britta recht missbilligend. Ihre Lippen bildeten einen schmalen Strich.

Sofort saß Nadine ein ungutes Gefühl im Nacken, als sie feststellte: Die Terrassentür bei der Theaterdame stand offen. Wobei sie fast sicher wusste, sie hatte sie abgeschlossen, als sie die Wohnung verließ. Freilich, da bewegte sie sich auf dünnem Eis. Ihre Erinnerungen verliefen sich da etwas im Ungewissen. Noch ehe sie weiter Gelegenheit bekam, darüber nachzudenken, bemerkte sie, gleich als sie über die Schwelle trat, eine wirkliche Überraschung: Da saß Frau Larsen in dem Schaukelstuhl, in den sie die Puppe setzen wollte, ganz so, als wollte sie sagen: „Nun ja, da bin ich wieder." Mit einem Lächeln sah sie Nadine entgegen, in das sich auch ein Teil Verlegenheit mischte.

Verblüfft darüber, so überraschend Frau Larsen anzutreffen, verharrte Nadine an der Terrassentür. Wobei es doch eigentlich ganz normal schien, dass die Besitzerin der Wohnung zurückgekommen war. Vielleicht berührte es sie nur so eigenartig, weil Frau Larsen ausgerechnet in dem Schaukelstuhl saß, der für Puppe Stella reserviert schien, und auch, weil sie immer so überraschend auftauchte. Auf einmal störte es Nadine, die Puppe im Arm zu haben. Viel lieber wäre es ihr gewesen, sie hätte sie unbeobachtet zurückgebracht. Jetzt musste sie womöglich eine Reihe unangenehmer Fragen beantworten. Dabei vergaß Nadine ihr eigenes ungewöhnliches Aussehen und dass sie dabei die Puppe in den Schatten stellte. Nadine versuchte, etwas Zurückhaltung gegenüber Frau Larsen zu üben und so sagte sie nur: „Ich bringe Stella wieder."

„Wie schön", meinte Louise Larsen herzlich, „ich habe sie schon vermisst. Wobei ich ihr nicht ganz traue. Du ihr sicher auch nicht. Sie hat so etwas ... etwas ... nun auch die Umstände, unter denen ich sie fand, waren etwas ungewöhnlich. Um sie herum verliert man leicht die Wirklichkeit."

„Oh ja, da haben Sie recht." Nadine fasste plötzlich wieder Vertrauen zu Frau Larsen. „Ganz, ganz genau so war es auch bei mir."

„Und wie du aussiehst." Louise Larsen stieß so etwas wie einen anerkennenden Pfiff aus. Sie sprang auf und drehte Nadine dem Licht zu. „Du machst dich, welche Verwandlung. Man könnte noch mehr tun, Nadine."

„Oh nein", Nadine dachte an Tante Britta und ihr Entsetzen bei ihrem Anblick und dass sie in einem Taxi fahren mussten. Gleichzeitig bemerkte sie aber, und das mit großer Erleichterung, auch Herr Theodor, der Ara, und der Kater Cyrill hatten ihren Platz in der Wohnung wieder eingenommen, so als wären sie nie weg gewesen. Herr Theodor saß im Käfig bei offener Käfigtür. Cyrill rekelte sich in einem Sessel. Sie selbst war drauf und dran, sich über die Augen zu fahren, um das Bild einer rothaarigen Dr. Mechanicus in einem grünen Samtjäckchen, das sie hartnäckig verfolgte, wegzuwischen. Hier aber sahen sie die grün blitzenden Augen von Louise Larsen freundlich an, ein warmer Schimmer lag darin und nichts von grüner eisiger Kälte wie bei der anderen war zu spüren.

Um von sich abzulenken, aber auch, weil sie selbst verwundert darüber war, keinen Verband zu sehen, und weil Frau Larsen sich so munter bewegte, fragte Nadine: „Was macht Ihr Fuß?"

„Ach, der war nicht so schlimm. Es muss vom Rücken gekommen sein, eine Art Hexenschuss." Dieses Mal, glaubte Nadine, lenkte Louise Larsen von ihrer Person ab. Auch stieg leichte Verlegenheit in ihr feines faltiges Gesicht. Sie betrachtete Puppe Stella eingehender. „Nun, sie sieht etwas zerzaust aus. Du hast mit ihr gespielt?" Der leichte Tadel wurde gleich durch ein Lächeln gemildert. „Ich werde sie herrichten, kämmen und frisieren. Und ich habe ein Händchen für Puppen. Schon immer. Es ist, als gehorchen sie mir aufs Wort." Und wie um es Nadine zu beweisen, fuhr sie mit den Fingerspitzen glättend über die zerzausten Locken. Und zu Nadines Staunen fielen die blonden langen, zerstrubbelten Haare gleich darauf wieder in zierliche Locken um Puppe Stellas Gesicht. In den blauen Augen saß ein neuer Glanz. Stella schien wie zu einem neuen Puppenleben erwacht zu sein.

„Sieh her, meine kleine ..., oh, jetzt ist mir dein Name entschlüpft."

„Er ist Nadine", half Nadine, ganz von dem Spiel, das Louise Larsen aufführte, gefesselt.

„Ein wenig Magie in den Fingerspitzen und sie tanzen, wenn ich es wünsche." Ja, das wünschte jetzt auch Nadine. Den Gedanken an Tante Britta und dass sie sich beeilen sollte, vergaß sie gerade.

Louise Larsen raffte ihren Rock etwas, darunter lugten dunkelgrüne zierliche Stiefel hervor, die Nadine sich erinnernd schon zu sehen geglaubt hatte. Ihr Anblick versetzte ihr einen unangenehmen Stich.

„Schwing die Beine, Nadine, hoch, höher." Und wirklich, Nadine passte sich an. Die gleichen Schritte, Puppe Stella in ihrer Mitte, zwischen Louise Larsen und sich. Hob Stella tatsächlich die Füße oder sah sie nur die grünen Stiefelspitzen von Frau Larsen durch die Luft wirbeln?

„Halt, ich muss." Nadines Fuß stockte so plötzlich, als wollte sie ihre wilde Hopserei ungeschehen machen. „Tante Britta wird schon ungeduldig sein. Ich wollte doch nur ..." Mit einem Plumps landete Stella in dem Schaukelstuhl, der vor- und zurückschwang. Gerade noch erspähte Nadine einen zusammengeklappten seidenen Zylinderhut, auf dem jetzt Puppe Stella saß. Das Knistern in den roten Haaren von Frau Larsen meinte Nadine deutlicher zu hören. Es war keine wirkliche Flucht. Nein, sie durfte Tante Britta einfach nicht länger warten lassen.

„Herr Theodor kann fabelhaft reden", das musste sie noch los werden. Dann nestelte sie in großer Hast den Schlüssel, den sie erhalten hatte, aus ihrer Jeanshose und legte ihn neben einen Blumentopf. Nadine wedelte einen Abschiedsgruß.

„Vielleicht kannst du morgen mit mir Tee trinken. Ich lade dich ein. Auch fühle ich mich noch etwas fremd hier. Frag deine Tante." Die leise Stimme, bittend im Tonfall, lief ihr nach. Nadine hörte eine Menge Unausgesprochenes heraus. Zwischen den ganz alltäglichen Worten hockten andere, die unausgesprochen blieben. Für Nadine war es wie in einem Buch, wenn sie zwischen den Zeilen las.

„Zuhören, Nadine. Lerne zuhören, das ist wichtiger als alles Dahergerede." Genau so sagte es ihr Vater. Es hallte in ihrem Kopf wider.

Tante Britta stand noch immer sehr aufrecht und wartete. Das Gras zu ihren Füßen war niedergetreten. Ihre Ungeduld hockte in einer kleinen, harten Falte zwischen ihren Augenbrauen. Sie wirkte damit älter. So würde ihre Mutter vielleicht in ein paar Jahren aussehen, nur eben blond. Und der Gedanke, dass da jemand genau so zuverlässig auf sie warten würde, gab ihr etwas Tröstliches. Doch was würde Tante Britta ihrer Mutter bei ihrem nächsten Anruf erzählen? Vielleicht musste sie umgehend zurück? Daran mochte sie jetzt nicht denken.

„Endlich!" Tante Britta verlor ihre starre Haltung. „Warum musste es so lange dauern?", knurrte sie.

„Ich wurde eingeladen", versuchte sich Nadine herauszureden. Und einer Eingebung folgend, setzte sie hinzu: „Du auch, Tante Britta."

„Ich schlage vor, du solltest erst einmal baden. Und ich werde dir die Haare waschen. So kannst du nicht länger herumlaufen." Nadine wollte trotzig einwenden, dass es auch jemand gab, der das ‚schau' fand, auch wenn Louise Larsen es anders ausgedrückt hatte.

„Wenn du das kannst?", fragte Nadine zweifelnd. Sie ließ heraushören, dazu brauche es ein gewisses Talent und dass dies sicher nicht in den Händen unverheirateter alter Tanten sitze. Die Strafpredigt würde so und so kommen, auch wenn sie sich reuiger verhielt. Aber sie wollte jetzt nicht so klein beigeben. Deshalb ließ sie einen Versuchsballon steigen. „Es muss nicht sein, dass Puppe Stella eine Puppe ist."

„Das ist konfuses Zeug, was du da redest – Spinnus!" Tante Britta sagte das Letzte so, als wäre sie David. Und plötzlich liefen Nadine Tränen über das Gesicht. Sie passten weder zu dem grotesk geschminkten Gesicht noch zu den gefärbten und gedrehten Locken. Eher war es jetzt das Gesicht eines traurigen Clowns.

„Du siehst unglaublich aus." Tante Britta blieb stehen. „Lass uns schnell was dagegen tun. Und Puppen laufen nicht davon." Es war nur ein kurzer Moment, als sie sich gegenüberstanden, aber er genügte, um sich gegenseitig in die Augen zu sehen. „Das kriegen wir wieder hin", murmelte Tante Britta. Sie wischte damit Nadines schwachen Einwand weg, der eher eine hilflose Geste war.

„Wenn es denn so eine Puppe gibt, suchen wir nach den Ursachen. Manchmal muss man hinter die Fassade blicken."

„Es ist nicht nur Stella, auch Frau Larsen ist vielleicht gar nicht Frau Larsen."

„Du musst Fieber haben", Tante Britta schüttelte den Kopf. „Sollen wir deine Mutter anrufen?" Nadine schüttelte heftig den Kopf. Augenblicklich beschloss sie, so vernünftig wie nur möglich zu sein.

„Aber Frau Larsen traue ich alles zu."

„Was ich noch sagen will: Mit Puppen habe ich nichts am Hut", schnaubte Tante Britta verächtlich. „Schon als Kind war das so. Ganz im Gegensatz zu deiner Mutter. Für mich sind es leblose Geschöpfe und ich kann nicht verstehen, wieso man sie lieben kann. Und du kommst jetzt in die Wanne. Ich vermag dich kaum noch anzusehen." Das erinnerte Nadine an das Knurren eines Hundes.

Trotz dieser Versicherung nahm Tante Britta Nadines Hand und zog sie an sich. Nadine ließ es sich gefallen. Als sie vor Tante Brittas Wohnung ankamen, lagen ihre Hände fest ineinander und sie besaßen eine besondere Wärme. In Nadines Gesicht fehlten die künstlichen Grübchen, dafür verschönte es ein Lächeln.

Aber es blieb noch immer dieser Rest, der nicht aufgeben wollte und der Nadine auch weiter beschäftigte. Doch wenn sie zur Lösung des Rätsels um Puppe Stella und diese Dr. Mechanicus Tante Britta gewann, dann ... dann ... Nadine sah nun wesentlich zuversichtlicher aus, und eine verrückte Frau Dr. Mechanicus schrumpfte vor ihren Augen zusammen, wurde klein und hässlich. Doch dann blieb sie stehen, als habe sie einen Schlag erhalten, gerade als sie im Bad im Spiegel ihr eigenes verschmiertes Gesicht erblickte – ein Puppengesicht. Da gab es noch die drei anderen Mädchen: Hilde, Juiletta und Rosi. Griff diese unheimliche Dr. Mechanicus jetzt nach ihnen, wo sie ihr entwischt war?

„Da gab es noch die drei Mädchen", sagte sie zu Tante Britta, ehe sie in die Wanne und in das herrliche warme Wasser stieg, in das Tante Britta etwas zart Duftendes geträufelt hatte.

„Später erzählst du mir, wie das war bei dieser Talentshow. Ich bin vor Sorge fast gestorben. Einzig deshalb, weil du den Brief geschrieben hast, habe ich nach dir gesucht. Sonst hätte ich mich keinen Vogelschiss um dich gekümmert." Tante Britta griff nach einem Waschlappen und fuhr Nadine über das Gesicht, aus dem der Puppenmund noch immer rot hervorstach. Die gepuderten Wangen verloren den Pfirsichton. Aus den schwarz nachgezogenen Augenbrauen begannen schmutzige Streifen herabzulaufen. Ein weiterer Wasserschwall zerstörte das Aufgemalte immer mehr. Tante Britta saß auf einem Hocker neben der Wanne und sah der Zerstörung mit Zufriedenheit zu.

„Endlich erkenne ich dich wieder." Alle gelben Teufelchen in ihren Augen blitzten vor Vergnügen auf. „Ich mag dich so, wie du wirklich bist." Sie sagte es sehr leise, aber Nadine hätte es sowieso nicht gehört, denn da tauchte sie in der Badewanne gerade unter, wobei das Wasser nach allen Seiten spritzte. Beim Abrubbeln mit einem Badetuch, Tante Britta tat es mit kräftigen Strichen, murmelte sie: „So ... so ... eingeladen zum Tee." Mit einem Kamm teilte sie dann Nadines nasse Haare, zog ihr einen Scheitel und drückte ihr dann einen Fön in die Hand. „Das kannst du selber tun."

„Zum Tee, so ... so", wiederholte sie nachdenklich. „Und die Puppe sitzt bei ihr, wird anwesend sein?", spann sie an ihrem Gedankenfaden weiter. „Hm. Wir werden uns beide ansehen, diese Frau Larsen und die Puppe Stella." Nadine nickte sehr zufrieden darüber.

Am nächsten Tag ging Tante Britta hinaus auf die Terrasse und schnitt ein paar blassrosa Rosen ab von einem Strauch, den sie besonders schön fand. „Die werden hoffentlich Eindruck machen", meinte sie dazu. „Und vier Augen sehen mehr als zwei", versprach sie Nadine. „Wenn wir zurück sind, wissen wir Genaueres." Das hoffte auch Nadine, die an den Rosen schnupperte. „Ja, die sind schön", fügte sie voller Anerkennung hinzu. Heute Morgen standen in der Vase in ihrem Zimmer ebensolche Rosen. Später sagte sie: „Wow", als sie ihre Tante musterte, die in einer schwarzen Hose und einer gestreiften Hemdbluse fertig zum Gehen war.

„Hast du keinen Rock zum Anziehen?", wunderte sich Tante Britta. „Wieder nur Jeans?"

„Röcke trage ich nicht", wagte Nadine trotz ihres schlechten Gewissens einzuwenden. „Nur Hosen und nur Jeans."

„Dann komm so", meinte ihre Tante und schritt schon über den Rasen. „Mal sehen, was uns erwartet. Ich bin gespannt." Das war sie ebenfalls. Vor ihren Augen flimmerte das Bild der Frau Dr. Mechanicus. Eine bange Erwartung streifte sie. Wie gut, jetzt Tante Britta an ihrer Seite zu wissen. Doch die hartnäckige Frage in ihrem Kopf wollte nicht schweigen: Was tut Stella, wenn sie etwas tut?

Einen Schritt vor der Terrasse der Nachbarin blieben sie stehen. Ein riesiger orangeroter Sonnenschirm überschattete sie. Darunter stand Louise Larsen und streckte ihnen eine Hand entgegen. Unter dem Schirm herrschte ein weiches, gedämpftes Licht, das alle Farben auf dem schön gedeckten Teetisch zum Leuchten brachte.

Als vorläufig einziger Gast saß Puppe Stella auf einem Stuhl am Tisch. Sie sah genau wie ein braves Kind aus, das auf den angekündigten Besuch wartete. In ihrem langen, blonden Haar saß eine Schleife von hellblauer Farbe wie ein verirrter Schmetterling. Sie leuchtete im selben Blau wie die Puppenaugen.

Nadine betrachtete erst Stella, dann schaute sie Frau Larsen an, schließlich ihre Tante Britta. Dann sagte sie etwas befangen mit leichter Röte auf den Wangen: „Ich bringe meine Tante mit." Und sie gab die Rosen Frau Larsen. Mit einem Aufleuchten in den Augen musterte sie dann den schrill-bunten Rock, in dem die Theaterdame sich bewegte. Er reichte in winzigen engen Falten bis auf den Boden. In den Saumspitzen saß ein seidiges Rascheln, was sich wie ein Flüstern anhörte, so als teilten sich die Falten alle Beobachtungen mit.

„Das war ein guter Gedanke von dir, Nadine", lobte Louise liebenswürdig. „Nur habe ich mich besonders für Nadine schön gemacht", wandte sie sich an Tante Britta und griff sich in eine braune, wuschelige Kurzhaarfrisur. „Ich trage gern Perücken, man ist sofort jemand anderes, wenn man sie auf dem Kopf hat."

„Schon ... schon", räumte Tante Britta zurückhaltend ein. „Aber es wäre nichts für mich. Für meine Person bleibe ich, wie ich bin." Sie sagte es so, dass es nicht verletzend klang.

„Eine kleine Überraschung steht noch aus." Frau Larsen zeigte hinüber zum Rasenstreifen. „Ich habe noch jemanden eingeladen." Da kam auch schon David. Nadine strahlte. Zu ihrer Verwunderung hatte er auf ein T-Shirt verzichtet und trug ein weißes Hemd und unter dem Kragen eine kleine Fliege.

„Meine Mutter ist da", sagte er statt jeder Erklärung. Jetzt wäre es Nadine doch recht gewesen, einen Rock anzuhaben, ähnlich dem, den Louise Larsen trug.

„Er hat sich so um meinen Kater Cyrill gekümmert", lobte sie David und gab ihm die Hand.

„Hm, das kenne ich, das tut er immer", meinte Tante Britta. Sie sagte es in einem besonderen Tonfall.

Als alle am Tisch saßen, schenkte Louise Tee ein. Einen honigfarbigen, der nach Himbeeren duftete, für Nadine und David. Für Tante Britta und sich selbst floss dunkler Tee in die feinen Porzellantassen. Ein Geruch nach exotischen Früchten stieg Nadine in die Nase. Kuchenstücke und Kringel mit Zuckerguss lagen auf einer Platte und jeder bediente sich. Frau Larsen sprach über die letzte Ballettaufführung mit der ganzen Begeisterung, die sie immer für ihre Oper empfand.

„Ich wollte schon immer mal ein Ballett schreiben. Darin sollte eine Puppe, die zum Leben erweckt wird, eine besondere Rolle spielen. Denken Sie an die Oper, in der eine Puppe zum Aufziehen die schönsten Arien singt." Alle am Tisch sahen Louise an, die in der Rolle der Puppe, in der sie sich jetzt sah, aufgestanden war und die Hände zierlich steif von sich hielt. Dann rückte ihr Kopf erst nach rechts, dann nach links. Mit kleinen abgezirkelten Schritten begann sich Louise Larsen zu drehen. Dabei zählte sie: „Eins – zwei – drei, eins – zwei – drei." Schon begannen die Schuhspitzen hart aufzutappen. Mit den Händen hielt sie an den Seiten den gefalteten Rock empor. Ihr Gesicht blieb dabei starr, nur die Augen leuchteten in einer seligen Verzückung. „Und nun hin und her", flüsterte sie und begann, über die Terrasse zu tanzen, leicht – dabei behielt Louise immer die steife Haltung einer Puppe bei.

Nadine schaute erst mit offenem Mund. Gleich darauf unterdrückte sie ein Kichern, was sie plötzlich überfiel. David entging einem Lachen, indem er unter den Tisch abtauchte, als sei ihm etwas heruntergefallen. Selbst steif wie eine Puppe, saß Tante Britta auf ihrem Stuhl, um die Lippen zuckte es ganz wenig. Auf der Stirn bildete sich eine tiefe Falte.

„Oh ja, die Puppe ist etwas ganz Besonderes, und eine verrückte Dr. Mechanicus ist hinter ihr her, um sie einzufangen", flüsterte Louise. „Das wäre eine großartige Idee."

Tante Britta brachte Frau Larsen mit einem freundlichen Beifallklatschen zurück in die Gegenwart. Verlegen verbeugte sie sich nach allen Seiten. „Es ist einfach so über mich gekommen", meinte sie. „Es ist dann einfach stärker als ich, aber es freut einen auch, wie viel Begeisterung man noch hat. Und man muss seine Rolle im Leben finden, wenn sie einem auf der Bühne verwehrt wird."

Als wenn nun alles gesagt wäre, setzte sich Frau Larsen wieder, um von ihrem Tee zu trinken und munter aufzufordern: „Ach, nehmen Sie noch von dem Kuchen. Er schmeckt Ihnen doch?"

„Oh ja", bestätigte Nadine und langte nach einem Zuckerkringel mit einem Marmeladenklecks in der Mitte. Während David die noch übrigen zählte und durch zwei teilte. Einer blieb nach seiner Rechnung übrig, den er in Gedanken für sich reservierte.

Frau Larsen sprach jetzt mit Tante Britta über Rosenzucht. Die Rosen auf dem Tisch lieferten dazu genügend Gesprächsstoff. Dabei dachte Nadine darüber nach, dass Louise Larsens Ballett eine geradezu unheimliche Verwandtschaft mit ihren eigenen Erlebnissen aufwies. Gleichzeitig beobachtete sie aber auch Puppe Stella und fand nichts Auffälliges an ihr. Es hätte sie nicht im geringsten verwundert, wäre sie etwa aufgestanden, um sich dann wieder wie ein braves Kind hinzusetzen oder plötzlich zu sagen: „Ich bin Stella, die Puppe der Zukunft." Unter dem orangeroten Sonnenschirm, in Gegenwart von Louise Larsen schien ihr alles möglich, wie bei einer Theateraufführung. Befangen sah sie sich um, ob die anderen am Tisch wohl ebenso dachten. Doch Tante Britta trank ihren exotischen Tee jetzt mit großem Genuss und David nahm sich ein weiteres Stück Kuchen.

Als David sie dann noch fragte: „Und du hast dir das im Kaufhaus nicht etwa ausgedacht?", warf ihre Tante ihr ebenfalls einen fragenden Blick zu, der sagte: „Es geht doch alles seinen normalen Gang, abgesehen von dem etwas albernen Auftritt von Frau Larsen. Nadine wäre am liebsten von ihrem Stuhl aufgestanden, so enttäuscht war sie.

„Na lass mal", meinte David, „unheimlich bleibt sie mir doch, die Puppe." Doch gerade da erhaschte Nadine ein erstes Aufblitzen in den blauen Puppenaugen. Es geschah sekundenschnell. Gleichzeitig schwirrte ihr ein recht verwegener Gedanke durch den Kopf. Beflissen neigte sie sich David zu und begann, im Flüsterton von ihren Erlebnissen in den Katakomben zu berichten. Zuerst von den Kindern, die alle Puppe Stella werden wollten.

Nun bemerkte Nadine genau, wie Stella sich ganz allmählich begann aufzurichten und sich langsam vorbeugte, als wolle sie besser hören. Plötzlich jedoch verlor sie das Gleichgewicht und kippte vornüber. Ihr Kopf schlug auf den Tisch und eine Teetasse kippte um.

„Ach herrje", jammerte Frau Larsen, „Stella ist doch nicht etwa schlecht geworden? Und nun tropft ihr der Tee aufs Kleid."

„Passen Sie bloß auf, Frau Larsen, dass ihr kein Wasser über den Kopf läuft, dabei ist sie mir schon mal lebendig geworden."

„Und das sagst du erst jetzt?! Wie vortrefflich – es passt in mein Ballett." Frau Larsen schaute Nadine recht wohlwollend an. „Allmählich denke ich mir, du siehst mehr als andere Kinder."

„Nun reicht es aber, Nadine übertreibt", fiel Tante Britta recht ungehalten allen ins Wort. „Erst siehst du eine schwarze Kutsche, die es nicht gibt, nun geht es um eine Puppe, die alles Mögliche anstellt. Wenn dein Vater solche Geschichten schreibt – schön. Auf dem Papier liest sich das ganz spannend. Aber bei mir ist jetzt Schluss damit."

Etwas überhastet verschwand Frau Larsen mit Stella nach drinnen. Dann kam sie mit einem Wischlappen wieder, um die letzten Spuren am Tisch zu beseitigen. „Ich liebe fantastische Geschichten", raunte sie Nadine zu. „Du musst mir mehr davon erzählen."

„Danke für den Teenachmittag", sagte Tante Britta etwas steif und stand auf.

„Was, Sie wollen schon gehen?" Frau Larsen sah enttäuscht aus. „Aber Nadine kommt bestimmt doch wieder? Du musst mir mehr erzählen über ... über ..." Wie schon so oft brach Louise ihren Satz ab und man durfte raten, was sie weiter sagen wollte. Aber eigentlich saß die Antwort schon in ihrem geheimnisvollen Lächeln. Dazu raschelten die vielen schillernden Rockfalten und in der Perücke knisterte es.

Nadine staunte sie an. Hier war eine Verbündete zu finden, nachdem Tante Britta sich soeben als schnöde Verräterin entpuppt hatte.

David fasste unter dem Tisch nach Nadines Hand. „Ich glaube Dir doch", versicherte er. Mit einem letzten hastigen Zugreifen wollte er das überzählige Kringel vom Kuchenteller nehmen und einstecken. Doch da gab es keins mehr. „Hast du etwa ...?", fragte er verblüfft.

„Nein", versicherte ihm Nadine mit einer Stimme, die kaum zu hören war. Beide sahen sie sich an – wie Verschwörer.

Das Zehnte Kapitel und ein Name für das Kaufhaus

Nadines Mutter rief an und Tante Britta gab unter einem heftigen Hustenanfall Auskunft, dass alles ganz normal verlaufe. Nein, besondere Dinge gebe es nicht zu erwähnen. Dabei verschluckte Tante Britta wichtige Silben bei einem neuerlichen Hustenreiz.

Erst tat Nadines Herz einen unangenehmen Hopser und sie hielt den Atem an. Als sie die Versicherung ihrer Tante vernahm, es gebe nichts Besonderes zu berichten, klopfte es wieder normal.

„Eigentlich bist du Spitze, Tante Britta", lobte Nadine danach mit einem dankbaren Blick.

„Oh nein, das glaube ich nicht", wehrte Tante Britta ärgerlich ab. „Ich wollte deiner Mutter nur den Schreck über dein Verschwinden ersparen." Nadine schwieg beschämt.

Am Frühstückstisch griff Tante Britta nach ihrer Zeitung, während Nadine über das Gespräch mit ihrer Mutter nachdachte. Ihre Stimme hatte so voller Besorgnis geklungen, als sie vorsichtig die Worte setzte: „Du weißt es noch nicht, aber dem Regisseur gefällt der Schluss der Geschichte nicht. Nun soll dein Vater ihn umschreiben zu einem schönen, befriedigenden Schluss. Doch vorher, sagt er, müsste noch mal eine Menge passieren. Da fehlst du, Nadine. Du wärst bestimmt mit einem Einfall zur Hand."

„Ach, Paps wird das ganz allein schaffen", sagte sie mit leisem Zweifel, doch auch in einem tröstlichen Tonfall. Freilich, Nadine erinnerte sich sofort an ihr Urteil, welches sie damals gefällt hatte, ohne lange zu überlegen, als ihr Vater wissen wollte, wie es ihr gefallen habe. Sie hatte etwas ganz Ähnliches gesagt: „Lass es doch noch einmal richtig knallen. – Danach kann es richtig schön werden."

„Es muss doch auch einmal ohne Puff und Krach gehen", hatte ihr Vater eingewendet und etwas verlegen gelacht. Nun kam vielleicht das nicht erwartete Aus, wenn die Geschichte plötzlich nicht gefiel. Nadine litt mit ihrem Vater und rutschte auf ihrem Stuhl unruhig hin und her. Sie sah zu Tante Britta hinüber, die über ihrer Zeitung brütete. Sie war unbestritten eine kluge Frau und gute Lehrerin, aber sie besaß nicht die leiseste Ahnung davon, wie schwer es war, eine spannende Geschichte aufs Papier zu zaubern.

Nun blickte sie schon zum dritten Mal hinüber zu Tante Britta, die ihr Zeitungsblatt lange nicht umgeblättert hatte und noch immer auf die gleiche Stelle stierte. So lange konnte fast niemand an einem Artikel lesen, auch wenn man es wie Tante Britta sicher sehr gründlich tat. Nadine fühlte sich überflüssig, sie versuchte mit einem Räuspern, auf sich aufmerksam zu machen. „Hm-hm", wiederholte sie. „Krr-krr."

„Was Zeitungsschreibern so alles einfällt." Ein empörtes Schnauben durch die Nase folgte bei Tante Britta.
Mäßig interessiert rückte Nadine näher zum Zeitungsblatt. „Na was schon?" Von zu Hause wusste sie, dass es nichts Ungewöhnliches war, wenn sich Erwachsene beim Zeitunglesen aufregen. Ihr Vater tat es fast täglich.

„Wenn das nun die halbe Stadt liest?" Ihre Tante schüttelte sich regelrecht. „Ich wollte nie wieder einen Fuß in dieses Kinderkaufhaus setzen. Das hatte ich mir geschworen." Nadine war es, als knirschte ihre Tante grimmig mit den Zähnen. „Aber sie werden nicht locker lassen, bis ... bis ich mich gemeldet habe."

Spätestens als das Wort Kinderkaufhaus fiel, spitzte Nadine die Ohren. Jetzt war sie hellwach. „Was gibt es denn?", fragte sie voller Neugier. Doch ein Blick in das Gesicht ihrer Tante ließ sie stocken. „Dass sie es einfach so unverblümt in die Zeitung schreiben! Es steht so nackt und bloß da." Jetzt hielt es Nadine nicht länger auf ihrem Stuhl aus. Sie äugte ihrer Tante über die Schulter, um mitzulesen, was da so Aufregendes stand.

In auffallenden großen, schwarzen Lettern stand da gedruckt: ‚Gesucht wird Tante Britta als Taufpatin für das neue Kinderkaufhaus.' Ausgerechnet ihr Namensvorschlag ‚Himmelreich' für das neue Kaufhaus wurde von einer Kinderjury ausgezeichnet. ‚Liebe unbekannte Tante Britta, melden Sie sich! Hunderte von Kindern warten sehnsüchtig darauf, dass ihr Kaufhaus einen Namen erhält.' Daneben stand eine Telefonnummer. Mit einem Quieken hob Nadine den Kopf und musterte ihre Tante mit einem ganz neuen, anerkennenden Blick. „Das ist doch fabelhaft. Dein Bild wird in die Zeitung kommen."

„Nur lege ich keinen Wert darauf. Das ist es ja gerade. Was sollen meine Schüler dazu sagen?"

„Oh, die werden stolz auf ihre Lehrerin sein. Wow!"

„Ach, ich weiß nicht." Tante Britta sah eher skeptisch aus. „Aber anrufen werde ich wohl müssen. Um es hinter mich zu bringen, tu ich es lieber gleich."

Aber wie recht Nadine mit ihrer Einschätzung behalten sollte, dass alle Schüler stolz auf eine solche Lehrerin wären, die Taufpatin für ein Kinderkaufhaus werde und einen richtigen, werbewirksamen Namen zu erfinden in der Lage sei, zeigte sich, als wenig später David mit einem neuen schwärmerischen

Blick für seine Lehrerin auftauchte. Worauf Tante Brittas schmaler Mund sich etwas lockerte.

Eine weitere Lobeshymne kam von Frau Larsen. „Wie Sie das nur anstellen, Frau Holm, so in die Öffentlichkeit vorzudringen, das ist genial. Es wäre auch für mich eine Gelegenheit, an Ihrer Seite aus dem Schatten herauszutreten." Mit äußerstem Misstrauen äugte Tante Britta auf Louise Larsen, die mit flatternden Händen sprach, sich neben Tante Britta, die sehr steif und hoch aufgerichtet dastand, auf Zehenspitzen erhob.

„Natürlich werden wir Sie begleiten", wobei sie auf Nadine und David zeigte, die sofort eifrig nickten.

„Ich hätte das lieber allein und unauffällig erledigt", murmelte Tante Britta abweisend.

Als der große Tag endlich da war, saß Frau Direktorin Ringella an ihrem Schreibtisch und klopfte nervös mit den Fingerspitzen auf das Holz. Der Tag war ihr verdorben. Schuld daran trug dieser Leon, der noch immer verschwunden war. Nicht, dass sie sich um ihn große Sorgen machte. Sie glaubte, ihren Neffen zu kennen. Der Bengel würde schon wieder auftauchen, der Junge ging nicht unter. Er kannte im Kaufhaus jede Ecke. Viel schlimmer fand sie, dass er behauptet hatte, die geheime Puppenwerkstatt entdeckt zu haben. Als Reklame war die Schauermär ja ganz nützlich, aber wenn dabei die Sache außer Kontrolle geriet und ein Kind verschwand, wurde ihr das zu viel.

„Dein Leon muss wieder her", sagte sie zu ihrer Schwester mit schneidendem Unterton. „Was bildet sich dieser Bengel ein?! Tu auch was, außer Jammern und Heulen."

„Die Polizei sucht ihn. Der Hausdetektiv sucht nach ihm. Ich kann vor Sorge schon nicht mehr denken." Leons Mutter, eine schmale, blonde Frau, sah vor sich hin. „Er will nicht, dass seine Schwester Puppe Stella spielt. Er denkt, sie verliert ihr Herz dabei und wird wirklich zur Puppe."

„Blödsinn! Er ist nur eifersüchtig."

„Er liebt seine Schwester und hat Angst um sie. Er ist acht Jahre."

„Schön ... schön, von mir aus. Aber drei Tage verschwunden zu sein, ist zu viel."

„Ich kenne einige seiner Verstecke", flüsterte Leons Mutter. „Vielleicht kann ich ihn aufstöbern. Aber da fehle ich bei der Taufe. Leon ist mir wichtiger und das Schild ‚Himmelreich' lass jemand anderen tragen. Ich war dafür auch nie geeignet."

„Eigentlich sollte es mein Neffe Leon tragen, aber wie gesagt …" Frau Ringella maß ihre Schwester mit einem geringschätzigen Blick. „Aber es wird nicht ohne Folgen für dich und Leon bleiben. Zum Glück ist meine Nichte Astrid da aus anderem Holz. Sie weiß schon jetzt, was sie will." Mit nervösen Händen, die an einer teuren Strickjacke zerrten, um sie eng um ihre fröstelnden Schultern zu ziehen, ging Leons Mutter.

Danach fand Frau Direktorin Ringella, ihre böse Vorahnung habe sich eher noch verdichtet. Jetzt klingelte sie nach ihrer Assistentin, die so schnell ins Zimmer stürzte, als habe sie hinter der Tür gelauscht.

„Sinda", sagte Frau Ringella bestimmt, „wir brauchen jemand, der das Schild ‚Himmelreich' trägt. Meine Schwester kneift."

„Gewiss, Frau Direktor", wobei Frau Sinda hastig ihre Uhr am Handgelenk musterte. „Wir haben wenig Zeit."

„Was tun Sie als Nächstes?" Die Fingerspitzen der linken Hand schlugen wieder einen Trommelwirbel auf die Schreibtischplatte.

Die Frau, die Sinda hieß, mit einem schwarzen Haarknoten im Nacken, in einem tadellosen dunklen Hosenanzug, sah auf einen Zettel: „Gerade habe ich das Auto losgeschickt, um unsere Taufpatin Frau Holm abzuholen. Sie bringt ihre Nachbarin mit und zwei Kinder. Soviel ich hörte, ihre Nichte ..."

„Kinder?!", fuhr Frau Ringella auf. „Achten Sie darauf, dass sie nicht verloren gehen. Geben Sie ihnen am besten eine Aufgabe. Haben Sie immer ein Auge auf sie. Was ist mit dem Programm?" Ihre Stimme klang jetzt schriller. „Meine Rede?"

„Die liegt vor Ihnen auf der Schreibtischmappe. Der Beauftragte für Kultur wartet draußen." Frau Sinda beeilte sich, ihn hereinzuholen.

„Der Kinderchor übt bereits noch einmal, Frau Direktorin", meldete der Herr mit öligem Haarscheitel über der linken Augenbraue zufrieden.

„Was ist mit der Wolkentreppe? Alles in Ordnung?"

„Alles bestens, Frau Direktorin. Ich habe rutschfesten Belag angeordnet." Der Herr guckte leicht gekränkt.

„Puppe Stella wird jetzt von drei Mädchen gespielt – perfekt. Darunter ist Ihre Nichte Astrid. Sie ist wirklich begabt dafür. Ja, und das für den Abend geplante Abschlussfeuerwerk wird auch vorbereitet und eins für den Tag."

„Wir werden ja sehen." Frau Ringella winkte ab. Ihre Gedanken kreisten schon wieder um Leon, ihren verschwundenen Neffen. „Schicken Sie mir den Hausdetektiv, aber dalli."

Auf der Fahrt zum Kaufhaus schwiegen alle im Auto und hingen ihren Gedanken nach. Die Einzige, die die Fahrt zurückgelehnt genoss, war Louise Larsen. Sie erhoffte sich einen abwechslungsreichen Vormittag. Tante Britta beobachtete die Straße, entdeckte die vielen Leute, die alle den Weg zum Kaufhaus anstrebten, und runzelte leicht die Stirn. Im Stillen räumte sie dem Unternehmen eine Stunde Zeit ein, nicht mehr. „Das Ganze ist keinen Vogelschiss wert", murmelte sie dabei.

Fast wollte Nadine dazu ihre Zustimmung geben. Das leichte Unbehagen, welches sie zu Hause nur gezwickt hatte, breitete sich aus und machte ihr jetzt eiskalte Hände und Füße. Angst krallte sich an ihr fest, der geheimen Puppenmacherin erneut zu begegnen. Doch da gab es auch genügend Neugier, die ihr zurief, sie verpasse sonst etwas wirklich Neues. Außerdem sei sie geschützt von David an ihrer Seite, Tante Britta und als Verstärkung Frau Larsen. Darauf schwieg die Stimme der Vernunft, das Unbehagen aber blieb. Es reckte noch einmal den Kopf empor, als die Fassade des Kaufhauses vor ihnen auftauchte und ihr einfiel, wie sie in ihrem Albtraum gegen die Dr. Mechanicus gekämpft hatte. Aber als sie dann ausstieg und sich umschaute – und sie nirgends eine schwarze Kutsche entdeckte – atmete sie tief durch. Heute schien alles ganz normal zu sein. Auf ihrer Schulter saß auch kein Herr Theodor, kein Kater Cyrill trippelte neben ihren Füßen.

David lächelte ihr beruhigend zu. „Keine Sorge, Naddi", flüsterte er. „Das Frühere war nur Spinnus, glaub mir. Oder du hast schlecht geträumt."

Doch Nadine blieb uneins mit sich. Jetzt entdeckten alle die grünen Umkränzungen um die Eingangstüren. Jeweils in der Mitte grüßte die Besucher ein Schild, auf dem stand: ‚Willkommen zur Kaufhaustaufe'. Genau unter so einem Willkommensschild wartete Sinda, die Dame von der Werbeabteilung und Assistentin der Kaufhauskönigin Ringella. Mit einem Lächeln eilte sie auf Tante Britta zu. „Lassen Sie uns nach oben gehen", zwitscherte sie liebenswürdig. „Wir haben Vorbereitungen getroffen, die besprochen werden müssen."

„Nur weg von hier", stimmte Tante Britta freudig zu. Den Kopf schüttelnd deutete sie auf eine Gruppe von Reportern, die ihre Fotoapparate ausschließlich auf Tante Britta gerichtet hatten.

„Aber ich bin kein Zirkusgaul, der mit dem Kopf nickt", dämpfte sie gleich darauf ihre Bereitschaft wieder. Über den Vergleich mit dem Zirkusgaul begannen Nadine und David ausgiebig zu kichern, was die Werbedame dazu brachte, wohl über sie nachzudenken. „Geben Sie ihnen am besten eine Aufgabe", lautete die Anweisung von Frau Direktorin Ringella.

„Ja, und die Kinder?", meinte sie zögernd. „Was tun wir mit ihnen?"

„Die bleiben bei mir. Vor allem meine Nichte Nadine", bestimmte Tante Britta. Sie folgten der Werbedame zügig zu einer schmalen, abgelegenen Tür, die Frau Sinda schnell vor den neugierigen Blicken der Reporter schloss.

„Ich bin David", ergänzte David, der noch sagen wollte: „Der Freund von Nadine". Doch die Werbedame unterbrach ihn. „Verstehe, der Neffe unserer Taufpatin." Worauf David husten musste. Vergnügt stieß er Nadine in die Seite. „Hast du das gehört? Dabei bin ich schon mal Kinderreporter vom Radio gewesen, an der Seite deiner Tante. Die macht was aus einem." Es klang total begeistert.

„Ich hab's", meinte Frau Sinda und sah in Gedanken Frau Direktorin Ringella vor sich. „Wir werden euch einkleiden. Als ein Geschenk der Kaufhausleitung und ein bisschen Werbung dazu. Später dürft Ihr eine große Treppe hinuntergehen. Sie wurde extra für die Taufzeremonie gebaut." Sie schenkte den Kindern jetzt einen äußerst wohlwollenden Blick. Nun, da ihre Nützlichkeit erkannt worden war, nahm sie bereits mit geübtem Blick bei Nadine Maß. Eingehend wurde sie betrachtet. Dann kam David an die Reihe.

Mit echter Anerkennung in der Stimme ließ Frau Larsen hören: „Oh, in der Tat, so eine große Treppe ist immer wirkungsvoll. Ich komme von der Oper, ich kann das beurteilen. Es war auch immer schon ein Wunsch von mir, so eine Treppe einmal hinabzuschreiten. Gerade heute, wo alles gefilmt wird." Louise Larsen winkte mit beiden Händen in eine gedachte Menge. David kicherte und hustete abwechselnd. Nadine schielte bewundernd zu Frau Larsen hinüber.

„Und jede Taufe braucht auch eine gute Fee", schloss Louise mit dunkler Stimme und besonderer Betonung. Es fehlte nur noch der Zeigefinger, der auf sie selber zeigte.

„Nun werden Sie nicht albern", rügte sie Tante Britta. „Sie können jederzeit meine Rolle übernehmen."

„Nicht doch, meine Damen", beschwichtigte die Werbedame Sinda mit Öl in der Stimme. Wenig später wurden ein Stockwerk tiefer zwei Kinder neu eingekleidet. Zuerst war weiße und hellblaue Matrosenkleidung in die engere Wahl gezogen worden, dann aber entschied sich Frau Sinda, nachdem David laut auf einem Piratenkostüm bestanden hatte, für Straßenkleidung in den Modefarben Pink und Schwarz. Bei David wiederholten sich die Farben in einer glänzenden pinkfarbenen Weste zu schwarzen Jeans. Nadine verblüffte mit pinkfarbigen Jeans und breiten schwarzen Hosenträgern über einem pinkfarbig bedruckten T-Shirt.

„Haben Sie keine Cowboystiefel'?", nörgelte David.

„Das wäre fetzig", unterstützte ihn Nadine. „Oder bemalte Gummistiefel?"

„Und warum müssen Kinder immer erst einmal dagegen sein?", stöhnte Frau Sinda auf. Sie streifte Nadine pinkfarbige Turnschuhe über. „Wäre das schön, ihr wäret alle Puppen und stumm." Frau Sinda stieß einen schrillen Pfiff aus.

„Nie!" schrie Nadine unbeherrscht. Ihr war als setzte augenblicklich ein hässlicher Zahnschmerz ein. „Wie kommen Sie bloß darauf?"

„Weil dafür einfach die Zeit reif ist. Verkaufe du mal Kinderkleidung an Kinder. Endlich hätten die Erwachsenen wieder etwas zu sagen. Was glaubst du, wie viel Zeit ich sparen würde, wenn ich nicht jeden Tag meiner Petra erklären müsste ..." Diese Sinda sah auf einmal sehr menschlich aus. Sie besann sich. „Aber Piratenstiefel sind nicht." Ihre Stimme wurde wieder wie vorher, mit diesem besonderen Ausdruck von Bestimmtheit.

„Setzt ein Bein schön vor das andere. Versucht, Takt zu halten und ein Lächeln dazu. Du auch, David." Als Nadine einen Blick in den Spiegel erhaschte, fand sie sich und David nicht übel aussehend. Wenn sie das alles geschenkt bekam, würde sie am ersten Schultag im neuen Schuljahr so aufkreuzen. Das brachte Aufsehen; Himmel, sie würden alle gucken. David sah das wohl eher anders. Er zupfte mit verdrossenem Gesicht an seiner pinkfarbigen Weste. Die Turnschuhe trug er offen, ohne Schnürung.

„Dann hebt das Preisschild recht hoch. Der Sprecher wird darauf hinweisen. Und stolpert nicht auf der Treppe beim Hintersteigen. Das gäbe was." Frau Sinda milderte ihre befehlende Stimme durch optimistische Blicke, die sie Nadine und David zuwarf. Ergeben nickten beide Kinder. Es blieb ihnen nichts anderes übrig.

„Wird schon klappen", murmelte David ohne rechte Überzeugung. „Hätten zu Hause bleiben sollen." Hinter ihnen auf der obersten Treppenstufe wurden drei Mädchen ausgerichtet, die die Puppe Stella spielen sollten. Sie schubsten sich nervös, alle mit gleichen Pferdeschwanzperücken, doch abweichend in der Kleidung. Einmal als braves Schulmädchen, einmal als Sportlerin in einem glänzenden Dress und in einem quietschbunten Nachthemd. Da ihre Gesichter als Puppe Stella nicht übereinstimmten, trugen sie Masken. Schön, lieblich, mit Grübchen versehen und mit einem Lächeln, das jedes Kinderherz entzücken musste. So glichen sie sich perfekt. Und diesen Eindruck von perfekt, fertig und unwiderstehlich sollten sie auch vermitteln.

Die goldblonden Perücken glitzerten in dem aufflammenden Scheinwerferlicht oben an der Wolkentreppe, als der Vorhang den Blick freigab. Die dreimalige Puppe Stella war das Ereignis. Ihr Siegeszug begann augenblicklich und sofort. Der Chor der ersten entzückten Mädchen rief hingerissen: „Ach, ah ... oh ... ja, die will ich. Meine Puppe Stella!"

Frau Direktorin Ringella neben Tante Britta seufzte laut auf. „Oh, wie habe ich auf dieses ‚Ja' gewartet." Sie atmete tief aus. „In meinen Träumen habe ich es gehört. Jetzt höre ich es hier." Triumphierend hob sie ihr Sektglas recht hoch, ihre Augen funkelten. Ihr verschwundener Neffe Leon war vergessen.

Tante Britta schüttelte leicht ablehnend den Kopf. Aber ihre Ablehnung durfte auch Frau Louise Larsen gelten, die die Prozession der Herabschreitenden oben an der Treppe, die aussah, als käme sie direkt aus den Wolken, eröffnete. Ihre Hände hielten recht zierlich das wichtige Namensschild, auf dem zu lesen stand: ‚Kaufhaus Himmelreich'. Ein duftiger Schleier umhüllte sie, deren letzte Zipfel von Nadine und David sorgfältig angehoben wurden, damit niemand stolperte. In ihrer anderen Hand hielten sie das zur Kleidung gehörende Preisschild hoch.

Unten auf einer Scheibe drehte sich das Modell des Kinderkaufhauses. Es sollte nun endlich einen Namen erhalten. Darauf wartete jetzt eine Menge neugieriger Besucher.

Ein Junge namens Leon hatte Hunger und wartete in seinem Versteck auf seine Mutter. Flüsternd unterhielt sich Leons Mutter ein Stockwerk über der Eröffnungsfeier mit dem Hausdetektiv. „Es ist so", flüsterte sie, „meine Schwester schlug vor, wir sollen beide suchen. Sie verstehen, Herr Althus. Es spart Zeit."

„Gewiss, Frau Ringella-zwei", erhielt sie sofort die erwartete Zustimmung. Sie nickte erfreut. Leons Mutter ließ sich nie mit Frau Direktor wie ihre Schwester anreden.

„Vielleicht nehmen Sie die linke Seite und ich die andere? Sie tun es doch sehr gründlich, Herr Althus? Es ist so wichtig, dass wir Leon finden. Die Polizei sucht in den Straßen nach ihm. Sie mögen ihn doch auch? Er muss doch fast verhungert sein." Leons Mutter stieß ein verhaltenes Schluchzen aus, wobei sie beide Hände tief in die Taschen ihrer ausgeleierten Strickjacke stopfte. „Wenn Ihnen nur das Geringste auffällt, Herr Althus ... eine Belohnung ist Ihnen dann sicher. Also dann wollen wir mal. Danach sind Sie mir aber ein wichtiger Aufpasser gleich nach der Eröffnung. Bei solchem Ansturm sind besonders die Augen offen zu halten. Ich vertraue Ihnen." Die Mutter von Leon wandte sich nun nach rechts und winkte nach links zu dem Hausdetektiv hinüber.

Vom Untergeschoss herauf schallten Jubelrufe: „Das Kaufhaus Himmelreich lebe hoch, hoch, hoch!"

Frau Ringella-zwei fasste nach dem Butterbrot und der Keksrolle in der Tasche ihrer Strickjacke. Sie musste Leon dazu bringen, endlich aufzugeben. Und gleich wäre auch alles vorbei und der beleuchtete Name am Kaufhaus würde aufflammen. Und Astrid würde zurückkommen – vielleicht mit einem Werbevertrag für das Kaufhaus in der Tasche. Und nichts wäre passiert von dem, was Leon befürchtete. Doch nachdem seine Mutter erst vorsichtig nach links und nach rechts geäugt, hinter sich geschaut, den Atem angehalten und gelauscht hatte, bog sie vorsichtig um eine Ecke. Doch Leon fand sie nicht in seinem Versteck. Ihr Herz wollte fast vor Schreck stehen bleiben. Beide Hände presste Leons Mutter auf den Mund, um den Schrei zu ersticken, der in ihr hochschoss. Die Keksrolle kullerte auf dem Boden zu ihren Füßen, was vielleicht ein Fehler war.

Das elfte Kapitel und wozu eine pinkfarbige Weste gut ist

Tante Britta stand mit einem Sektglas in der Hand recht steif da. Eine Anzahl feierlich aussehender Leute beobachtete sie angespannt. Die Gruppe auf der Wolkentreppe näherte sich ihr langsam. Schon war ihr Frau Louise Larsen in ihrem Schleiergewand ganz nahe. Das Schild in ihrer Hand reckte sie nach oben. Vor Nadines Tante drehte sich das Pappmodell des Kaufhauses. Es wurde jetzt von einem Scheinwerfer angestrahlt. Schließlich spritzte Tante Britta einen Teil des Sektes aus ihrem Glas gegen das Schild ‚Himmelreich', etwas tropfte herunter auf das Pappkaufhaus. Und endlich sprach sie auch die entscheidenden Worte: „So taufe ich dich, Kaufhaus für Kinder, auf den Namen ‚Himmelreich'." Und alle atmeten erleichtert auf. Gläser stießen klirrend aneinander, Hochrufe erschallten. Der Dirigent hob beide Arme, flüsterte: „Achtung!" und der Kinderchor setzte ein, um die Kaufhaushymne zu schmettern.

Draußen an der Kaufhausfassade leuchtete der Name ‚Himmelreich' auf. Kameras surrten, Mikrofone an Stangen wurden hochgehalten. Blitzlicht flammte auf.

Frau Direktorin Ringella sprach in ihrer Rede von den Mühen, eine Puppe Stella zu finden, dem Puppenwunder schlechthin, und sie umschrieb das Verschwinden der Originalpuppe mit geheimnisvollen Andeutungen, die verwunderte Ahs und Ohs den staunenden Zuhörern entlockten und ihnen angenehme Gruselschauer über den Rücken jagten. Viele dachten dabei auch an einen Reklametrick. Doch in einer kleineren, handlichen Ausführung sei sie natürlich zu kaufen. „Kaufen Sie alle nach Herzenslust", wünschte Frau Ringella mit einem auffordernden Lächeln allen, die ihr zuhörten. Besonders sei es den Kindern empfohlen. „Sagt es laut, was ihr gern hättet, euren Eltern, Omas und Opas." Daraufhin durchschnitt sie ein weißes Band im Eingangsbereich, welches die Menge der Schaulustigen zurückgehalten hatte. Nun stürzten die meisten zu den blinkenden Rolltreppen in ihrer Nähe.

„Wir beginnen nun unseren Rundgang durch das Kaufhaus in Begleitung unserer vortrefflichen Taufpatin", verkündete Direktorin Ringella und zeigte locker in die Runde. „Er wird gefilmt werden."

Frau Sinda von der Werbung beugte sich zu Nadine und David. Flink hängte sie jedem Kind eine Lostrommel um. „Ihr geht und verteilt Glückslose an die, die kaufen", sagte sie dazu. Tante Britta meinte dazu: „Ich hätte sie lieber bei mir. Nur eine Stunde, dann gehen wir."

Die Kameras begannen zu blinken und alle begannen wie auf Kommando zu lächeln und höchst interessierte Mienen zu ziehen. Auch die als Puppen verkleideten Mädchen erhielten Lostrommeln.

„Los, verziehen wir uns", schlug David vor. Mit einem Knuff zog er Nadine zur Seite. „Mir wäre nach einem Eis. Es soll hier ein Eiscafé geben."

Bis sie die beobachtenden Blicke von Tante Britta und der Werbedame hinter sich gelassen hatten, drückten sie wahllos dem oder jenem Käufer ein Glückslos in die Hand und entfernten sich dabei immer weiter. David strebte einem Schild zu, das mit einem Pfeil darauf hinwies, wenn man ihm folge, gelange man zu einem Notausgang, einem Fluchtweg bei Gefahr.

„Hier kürzen wir bestimmt ab", meinte David. Nadine musste daran denken, dass die Abkürzungen, die ihr Vater bei solchen

Gelegenheiten vorschlug, unweigerlich zu einem Umweg führten.

Plötzlich verebbte das quirlige Treiben hinter ihnen wie abgeschnitten. Selbst die Luft roch hier anders in dem Treppenabgang: kühler, feuchter, und sie hörten ihre eigenen Schritte. Hier lagen keine Läufer mehr. Verwundert sahen sie sich an. Treppenstufen führten nach unten. Unter ihnen in irgendwelchen Kellern und Gängen rumorte es.

„Es fehlt nur noch das weiße Kaninchen", flüsterte Nadine, „das uns vorausläuft."

„Quatsch, wir steigen die Treppe hoch und kommen dann in einen neuen Gang. Dort muss es wieder eine Tür geben, die in den Trubel hineinführt. Und dort muss es sein."

Ziemlich lustlos folgte Nadine David. Sie begann bereits, den Appetit auf einen Eisbecher zu verlieren. Eine Stunde war nicht allzu lang. Dieses Mal wollte sie ihre Tante nicht enttäuschen.

„Ist da jemand, der uns folgt?" Sich umschauend legte David einen Finger auf den Mund zum Zeichen, dass sie schweigen sollte. Ihr war auch so, als gebe es da ein verstohlenes Huschen. Ein Schatten, der im gleichen Augenblick auch schon wieder verschwand.

„Hier muss einer sein", hauchte Nadine. Dann, nach einer ihr endlos langen Zeit, in der sie dachte, die Stunde, die ihnen ihre Tante bewilligt hatte, sei um, entdeckte sie auf dem Fußboden an der Flurwand eine Keksrolle. Verwundert hob sie Nadine auf. „Die muss jemand verloren haben." Bekamen Gefangene Kekse zu essen? Nadine erblickte die Vision von Gefangenen, die ihr bittend die Hände hinstreckten. Und wie aus dem Nichts flüsterte eine Stimme: „Gib sie mir, ich habe solchen Hunger."

Beide zuckten sie zusammen. Beide sahen sie sich um. Zugleich entdeckten sie ein blasses Jungengesicht, das aus einem Spalt lugte. „Schreit bloß nicht", flüsterte der Junge beschwörend. „Stellt euch vor das Versteck und gib mir endlich die Kekse." Das Flüstern klang wie eine Beschwörungsformel. Ohne lange zu überlegen, taten sie, was der blasse Junge wollte. Für Nadine und David stand fest, sie hatten diesen Leon aufgespürt, der überall gesucht wurde.

„Habt ihr noch was zu essen mit? Schickt euch meine Mam? Sie wollte kommen. Bestimmt hat sie die Kekse verloren. Der Hausdetektiv stöberte herum. Ich musste mich verziehen." Das knirschende Geräusch, wenn jemand in einen Keks beißt, klang Nadine überlaut in den Ohren. ‚Ob das hier gut war?', ging es ihr durch den Kopf. Was, wenn der Hausdetektiv zurückkäme?

„Müssen wir nicht hier weg?", flüsterte sie dem Jungen zu. „Und du bist dieser Leon?" Der Junge nickte kurz.

„Warum versteckst du dich?", wollte David wissen.

„Weil ... weil ...", das blasse Gesicht des Jungen wurde noch einen Schein blasser, „... weil sie Astrid haben will. Sie hat es mir gesagt. Weil ihr ein anderes Mädchen entfleucht ist." Entfleucht? Nadine stolperte über das ungewöhnliche Wort. Aber das andere Mädchen – war am Ende sie damit gemeint? Nadine begann die Kopfhaut zu kribbeln.

„Du musst hier weg. Deine Astrid ist jetzt bei der Kaufhaustaufe, da ist keine Gefahr. Aber du, wenn wir hier entdeckt werden ..." Alle drei blickten sich ängstlich um.

„Aber mich erkennt jeder vom Kaufhaus. Ich will nicht vom Hausdetektiv gejagt werden oder dass die Polizei kommt. Die stecken mich in ein Erziehungsheim. Damit droht meine Tante Ringella immer.

„Quatsch", meinte David. „Da hat deine Mutter auch was zu sagen."

Nadine meinte hastig: „Bei so was kennt sich meine Tante aus, die ist Lehrerin. Die regelt das schon mit deiner Mutter. Bloß wie kommen wir hier raus, ohne dass dich noch jemand schnappt?" David winkte zustimmend zu Nadines Worten. „Ihre Tante ist meine Lehrerin", betonte er.

Nadine musterte Leon, der aussah, als müsse er sich dringend Hände und Gesicht waschen. „Wartet mal", meinte sie dann. „Wenn ihr zusammen auf die nächste Toilette verschwindet, Leon kämmt sich die Haare und wäscht sich etwas, und dann tauscht Ihr Eure Sachen. Leon bekommt deine Weste, die fällt so auf, da rennt keiner darin rum, der sich verstecken muss. Und setze Davids Baseballkappe auf. Dann nimmst du noch die Lostrommel. David zieht deinen Pullover an."

„Der ist zu klein für mich", meinte David grummelnd. „Aber in der Not ... muss eben gehen. Los, Leon!"
Der Junge mit dunklen Haaren war ein Stück kleiner als David. In seinen Augen, die dunkel leuchteten, glommen Zweifel. „Ihr verratet mich nicht?"

„Sollen wir schwören?", bot ihm Nadine an. Leon schüttelte den Kopf.

„Also macht schon", drängte sie. „Was Besseres fällt mir nicht ein, und jeden Augenblick kann jemand kommen. Und die Stunde, die uns meine Tante freigegeben hat, ist gleich um. Dann werden wir auch noch vermisst. Meine Tante lässt uns ausrufen, dann ist alles zu spät."

Für Leon musste es genau der richtige Zeitpunkt sein, dass er aufgeben wollte. Er wirkte sehr klein, sehr allein, sehr verlassen und verzweifelt. Sicher waren drei Tage sich verstecken und ausharren, um eine große Schwester vor den Fängen einer Dr. Mechanicus zu bewahren, etwas zu viel gewesen. Stumm nickte Leon. Er gab erst Nadine, dann David die Hand.

„Zieht endlich Leine", murmelte Nadine. „Ich warte auf dem Gang." Gemeinsam stürmten sie eine Treppe hinauf und bogen dann in einen Durchgang, aus dem ihnen eine Vielzahl von Geräuschen entgegenschlug. Die Jungen verschwanden in einer Herrentoilette.

Leon trug nun die gestreifte Weste und die Glückstrommel. David band sich den Pullover von Leon lässig um den Hals über sein Hemd. Leons Gesicht war notdürftig gewaschen. Er übernahm die Führung. Hier kannte er sich bestens aus. Die Mütze zog er so weit es ging ins Gesicht.

„Wir müssen Tante Britta erspähen. Und du darfst nicht dieser Tante Ringella unter die Augen kommen, und dem Hausdetektiv auch nicht. Und überhaupt ..." Nadines Stimme klang so beschwörend, dass Leon zu allem nickte.

Doch Nadines ganze Planung sollte zusammenfallen wie ein Hefekloß, der plötzlich Zugluft bekommen hatte. Leons Fuß stockte vor einer Pendeltür, die zurück in den Verkaufsraum einer Sportabteilung führte, als habe er ein geheimes Signal gehört.

„Was ist?", fragte David misstrauisch. Nadine sah sich um.

Von irgendwoher stürmten drei Mädchen wie eine bunte Wolke an ihnen vorbei. Ihre ausdruckslosen Puppengesichter jagten Nadine einen Schauer über den Rücken.

„Puh ... puh ... puh", kreischten sie. Zwei von ihnen liefen in das Sportgeschäft hinein, ihre Glückslostrommeln klapperten. Nur die dritte, etwas größer gewachsene lief zu der Treppe, die nach unten führte. Sie trug das glänzende Sportdress und war in der Mitte der drei Puppen Stella gewesen. Ihr sonnengelber Pferdeschwanz wehte. Die hochhackigen Schuhe an den Füßen klapperten ein „Klick-klack, klick-klack".

„Das ist - das war Astrid! Wohin sie nur will? Doch zur Dr. Mechanicus!" stotterte Leon verwirrt.

„Du ... Du hast sie schon mal gesehen?", flüsterte Nadine zutiefst erschrocken. „Die Dr. Mechanicus?"

„Ich weiß, wo die geheime Puppenwerkstatt ist."

David guckte skeptisch. „Vielleicht spinnt Ihr beide? Was ist, wollen wir hier anfrieren?"

„Ihr könnt ja abhauen. Ja, haut ab. Ich muss Astrid nach." Die Lostrommel warf Leon in eine Ecke, dass es schepperte.

„Warte!" Nadine krallte sich an seiner Weste fest. „Ich war auch schon mal bei ihr. Ich weiß, was mit deiner Schwester geschehen wird." Nadine sah wieder, wie der Ara von ihrer Schulter fiel unter der Glocke von gleißendem Licht über ihr. Wenn sie es nicht rechtzeitig verhinderten, wird es zu spät sein.

„Dann gehen wir", murmelte Nadine zwischen zusammengepressten Zähnen hervor.

„Wollt ihr wirklich? Denk an deine Tante", führte David als letztes Argument an.

Nadine starrte ihn an. „Du kannst es ihr ja mitteilen, dass wir unterwegs sind zur Dr. Mechanicus", sagte sie mit funkelnden Augen.

„Nicht doch, Nadine, ich komme ja mit." David riss sich Leons Pullover vom Hals und schmiss ihn zu der Glückstrommel, dann stürmte er Nadine und Leon hinterher, die sich nicht nach ihm umdrehten.

„Kennst du den Weg?", fragte Nadine nur, während sie in einem Tunnelschacht weiter nach unten stiegen. Sogleich wurde ihr bewusst, dass sie damals von der Tiefgarage ihren Weg zu der Puppenwerkstatt gefunden hatte. Gleich darauf blinkte eine geheimnisvolle Lichtschrift an der rauen, unverputzten Wand auf. Nadine zögerte, ob nur sie die Schrift bemerkte. „Da!" Entsetzt zeigte sie auf das, was sie an der Wand las. „Hinter dem wilden Wald kommt die weite Welt, sagte die Ratte." Und wie damals, als sie es im Buch las, schauerte es Nadine. Trotzdem entzifferte sie weiter, sie konnte gar nicht anders. Auch David und Leon standen still vor der Leuchtschrift, die in verschiedenen Farben aufflammte. „Und die geht uns nichts an, dich nicht und mich nicht. Ich war noch nie drin, und ich gehe auch nicht hinein, und du schon gar nicht, wenn du ein bisschen Verstand hast." Unter der Schrift huschte eine Ratte entlang und die trug eine blonde Perücke.

Nadine schluckte mühsam. „Das ... das ist so was von schaurig", flüsterte sie. In der Leuchtschrift zuckten Blitze auf. Die Ratte mit der blonden Perücke sprang auf den Fußboden, Leon drückte sich an Nadine.

„Woher kann sie das nur wissen?", stotterte Nadine. „Ich habe es am ersten Abend in einem Buch bei meiner Tante gelesen." Mit großer Verwunderung starrten jetzt die drei Kinder auf die Wand. „Hört auf die Warnung der Ratte."
Die Ratte mit der blonden Perücke auf dem Kopf, was abstoßend genug aussah, nahm in einiger Entfernung vor ihnen Aufstellung.

Wie hatte Tante Britta an jenem ersten Abend gesagt? Was man in einem fremden Bett in der ersten Nacht träumt, geht in Erfüllung. So 'n Quatsch, wollte Nadine denken – aber es gelang ihr nicht. Die kleinen Augen der Ratte funkelten zu bösartig.

„Wir wollen zur Dr. Mechanicus", rief Nadine und überwand als Erste ihre Furcht. Vielleicht gelang es ihr auch deshalb, weil sie die Ratte in ihren Träumen schon gesehen hatte und weil sie genau wusste, wohin sie wollten. Doch sie glaubte nicht daran, dass die Ratte sie verstand.

„Sie darf jetzt nicht gestört werden", quiekte die Ratte hektisch, „die Dr. Mechanicus."

„Aber gerade das wollen wir", schrie Nadine zurück, die wütend genug war, um ihre Angst vor der Ratte immer mehr zu verlieren.

„Wir ... wir ...", Nadine zeigte nach rechts und links, auf David und Leon, „wir wollen uns einmischen. Weil es schändlich ist, was sie tut."

„Willkommen bei Dr. Mechanicus", flammte da eine neue Schrift an der Wand auf. Die Ratte riss sich die blonde Perücke vom Kopf und stieß einen grellen Pfiff aus. „Dann geht, geht." Sie gab den Weg frei. Ihren langen kahlen Schwanz nachziehend, verschwand sie.

„Ich weiß nicht, ich glaube, es ist nichts Gutes, was da auf uns wartet", stotterte David. Damit nahm er vorweg, was schon auf sie zu kam.

Vor ihnen tat sich gerade ein tiefer Spalt im Steinboden auf. Aus ihm stiegen, gleichzeitig mit einem unheimlichen Kichern, blau wabernde Dämpfe herauf.

„Haltet euch die Nasen zu", keuchte David und tat es auch schon selbst.

„Nun springt schon, Kinder", befahl ihnen eine unheimliche Stimme, die von unten kam.

„Das ist der Hausdetektiv", flüsterte Leon sehr erschrocken. „Er jagt mich schon die ganze Zeit. Nun hat er es geschafft." In einer verzweifelten Wut schlug Leon auf die Mauer ein.

„Du könntest noch abhauen", flüsterte Nadine ihm zu.

„Ich muss zu Astrid", sagte er nun sehr entschlossen. Aber sie mussten gar nicht springen, der Spalt erweiterte sich vor ihren Augen zu einer Treppe.

„Nun, es soll wohl sein", sagte David mit einem Blick auf Nadine und stieg als Erster hinunter. Mit nicht weniger erschrockenem Gesicht folgten ihm Nadine und Leon.

Unten erwartete sie ein höhnisch grinsender Herr Althus. Als er Leon entdeckte, rief er: „Hab ich dich endlich, Bürschchen." Besitzergreifend schüttelte er ihn an den Schultern hin und her, als wäre er ein Paket.

„Das lassen Sie, Herr Althus, das dürfen Sie nicht." Sehr hochmütig musterte Leon den Hausdetektiv, ganz ein Kind, dessen Mutter ebenfalls eine Direktorin war, aber eben nur Frau Direktorin Ringella-zwei. „Ich werde mich über Sie bei meiner Mutter beschweren." Der Ton, auch die Worte schienen Herrn Althus nicht zu gefallen. Er schob die Unterlippe vor und musterte Leon, dann Nadine und David voller Abneigung.

„Alles Kroppzeug. Aber ich hole mir meine Belohnung schon ab. Darauf ist Verlass." Dabei beugte sich Herr Althus zu Nadine herab und drückte ihr seinen spitzen Zeigefinger auf die Brust. „Und deine Tante spielt oben verrückt und lässt nach dir suchen."

Herr Althus grinste jetzt, sehr mit sich zufrieden. „Kannst dich auf die Begegnung mit ihr freuen. Mit der ist nicht gut Kirschen essen."

„Oh ja, Tante Britta." Im Stillen gab sie ihm recht und atmete schneller. „Könnten Sie ihr nicht sagen, wir sind hier unten und kommen gleich", druckste sie mit einem recht unbehaglichen Gefühl hervor.

„Das werde ich sicher ... werde ich sicher. Bringt vielleicht noch eine Belohnung ein. Werde es nur ein wenig anders ausdrücken." Sein Grinsen wurde noch breiter und sein Gesicht färbte sich rot. Auf einer Seite der Wand leuchtete auch hier eine neue Schrift auf. Wie gebannt starrten alle darauf. Zu ihrem tiefsten Erschrecken stand da: „Astrid lässt grüßen."

„Nein, oh nein!" Leon stieß einen Jammerlaut aus. Herr Althus lachte unterdrückt, dann schnellte sein Daumen auf einen Knopf vor. Mit einem Aufleuchten in den Augen rief er laut: „Da bringe ich Sie Ihnen alle drei, Dr. Mechanicus."

Eine Tür öffnete sich und vor ihnen stand die Frau mit den roten Haaren in einem grünen Samtjäckchen und weiten Pluderhosen. Jetzt glaubte Nadine auch zu erkennen, wo sie war. Dann tauchten Zweifel bei ihr auf. Gab es schon damals einen Kosmetiksalon, einen Friseur, eine Sonnenbank hier gleich neben der Puppenwerkstatt? Später verwandelte es sich in ein Filmstudio. Nadine sah verwirrt um sich. Das konnte nicht der Ort sein, wo sie schon einmal war.

„Das ... das ist alles neu", flüsterte Leon. Eine normale Leuchtschrift erstrahlte über einer Tür. „Hier erhalten Mädchen ihre Idealfigur. Der Weg zur Größe 34." Aber er fasste sich schnell. „Wo ist Astrid?", schrie er.

„Das ist sie also die Dr. Mechanicus?" Davids Gesicht zog sich voller Staunen in die Länge. Als Nadine den kalten grünen Augen begegnete, schrie sie auf.

„Kommt rein und seht selber. Sie ist gleich fertig und zu dem geworden, was sie selber will. Ich musste kaum nachhelfen, ihr nur sagen, was später sein wird. Sie wird meine erste lebendige Puppe. Astrid – die Puppe der Zukunft. Dagegen ist Stella nichts. Sie war aus Drähten und Mechanik, aus Spulen und Tonbändern gefertigt. Astrid ist ein Mädchen und eine Puppe. Sie hat alle Maße, die sie braucht. Seht sie euch an!" Mit einer weiten Geste und einem verzerrten Lächeln im Gesicht zeigte sie auf ein Podest, auf dem ein Mädchen oder eine Puppe stand. Ihre Taille bearbeiteten gerade Bänder, die sie massierten und gleichzeitig enger schnürten.

„Mein Goldkind", rief Dr. Mechanicus hinauf, „gleich hast du es geschafft."

„Aber das ist nicht Astrid", schrie Leon, blass im Gesicht. „Bist du wirklich Astrid? Hör bloß auf." Zaghaft ging er näher.

Sie wird gleich umsinken, dachte Nadine. Das hält niemand aus. Sie starrte gleichfalls hinauf. Die Scheibe unter den Füßen von Astrid begann sich zu drehen und das Mädchen wirbelte herum, in der Taille von einer Stahlspange gehalten. Die Lichtglocke mit dem tödlichen Licht war über ihr. Ihr Gesicht war ganz ohne Ausdruck, schön und kalt und ohne eine Regung. Was bei genauem Hinsehen täuschte. Es wechselte blitzschnell von einem Lächeln zu keinem Lächeln und wieder zurück zum Lächeln.

„Oh, ist sie nicht schön?", rief Dr. Mechanicus. Da öffnete sich die Tür zum Nebenzimmer und auf der Schwelle stand ein Mädchen, das Nadine zu kennen glaubte. Es musste unter den Mädchen gewesen sein, die zur Talentshow gekommen waren. Rosi oder ... Nadine wusste es nicht mehr genau.

„Ist sie nicht bald fertig?", fragte sie. „Wir wollen auch alle noch drankommen." Hinter ihr drängten sich noch mehr Mädchen.

„So ... so ... wollen wir auch werden", riefen sie. „Genau so ... Größe 34 später."

„Das darf nicht sein", stammelte Nadine. „Sie wird es nicht überleben." Sie sah wieder den Ara in ihren Gedanken von ihrer Schulter kippen, spürte wieder den Schmerz und die Qual, die sie während ihres Wachtraumes bei Dr. Mechanicus durchlebt hatte. Hier wurde ein teuflisches Spiel vorgeführt. Und es gab schon eine Reihe freiwilliger Mitspieler.

„Astrid", schrie Leon, „besinn dich und werde keine Puppe. Hier ist Leon." Über Astrid sprühte das Licht, zuckten Blitze. Ein stetiges Brummen im Raum schwoll an.

„Astrid, spring herunter", schluchzte er. Er vergaß die Bänder, die sie hielten. Seine Stimme überschlug sich fast, sie klang hoch und flehend. Leon war jetzt ein kleiner Junge, der voller Entsetzen auf seine Schwester starrte.

Und da keuchte ihre Stimme hoch und schrill: „Ich will es."

„Da hörst du es selber", jauchzte Dr. Mechanicus. „Nur noch ein paar Umdrehungen."

„Vergiss nicht, Leon, sie kam freiwillig. Ich muss nicht mehr nach Mädchen suchen, sie kommen von allein." Das höhnische Lachen wollte gar nicht wieder aufhören. „Und sie hat das eiserne Herz schon angenommen." Nadine sah, wie ein künstliches Herz an einer Kette auf Astrids Brust aufleuchtete.

„Oh ... Sie sind eine furchtbare Frau", brüllte David ohne alle Überlegung los.

„Ich kann auch Jungen zu Puppen machen. Das hier ist kein Spaß." Dr. Mechanicus sah drohend zu David hinüber.

Nadine ließ kein Auge von der unheimlichen Frau. Ihr müsste jetzt mit aller Schärfe klar geworden sein, dass da drei Kinder in ihr Heiligtum eingebrochen waren, die nicht als Freunde kamen. Unter ihnen Leon, der um seine Schwester bangte und sie holen wollte.

„Raus hier!", rief sie plötzlich. „Raus, alle miteinander. Astrid gehört mir!"

Die erschrockenen Mädchen rückten ab in den Nebenraum, während Nadines Augen fieberhaft nach den Hebeln und Knöpfen suchten, die damals von der Frau betätigt worden waren. Es ist mir egal, was dann passiert, dachte Nadine. Astrid muss dort runter. Das Licht muss verlöschen.

Irgendwo zischte und hämmerte es. In einem Bottich rührte ein Plastearm einen Brei um. Auf der Brust von Astrid leuchtete das Metallherz erneut auf. Nadine kam es vor, als dringe es tiefer in den Körper von Astrid ein. Dr. Mechanicus sah nur noch auf ihr großes Experiment, das jetzt dem Höhepunkt zustrebte. Ein Kind wurde zur Puppe des Jahrhunderts. Die Jahrhundertpuppe wurde geboren.

„Nein, nicht Astrid!" Leon sprang in ohnmächtiger Wut Dr. Mechanicus von hinten an. Einen Augenblick wurde sie abgelenkt von ihrem Experiment. Sie versuchte, Leon abzuschütteln. „Gleich ... gleich", flüsterte sie völlig gefangen von dem, was sie sah.

Da erwischte David den einzigen Eimer, der hier herumstand. Er war mit etwas gefüllt, das nicht gut roch. David kippte den Inhalt auf die Füße der Frau, die sogleich aufschrie. Dampfwolken bildeten sich, ein zischendes Geräusch wurde durch Dr. Mechanicus überschrien, die aufheulend abwechselnd einen Fuß anhob, wie zu einem absurden Tanz.

„Es brennt höllisch!", klagte sie. Ihr Kopf pendelte hin und her. In ihren grünen Augen brannte ein irres Feuer.

Endlich hatte Nadine einen Hebel neben einer Säule ausgemacht, der kaum sichtbar sich abhob, so tief war er in die Wand eingelassen. Daneben befand sich eine Reihe Knöpfe in verschiedenen Farben. Da Nadine ohnehin nicht wusste, was genau zu tun war, legte sie den Hebel um und drückte mit der ganzen Hand auf vier Knöpfe gleichzeitig, ehe sie blitzschnell zurücksprang. Ein verzweifeltes Röcheln erklang von der Frau, die wie ein Irrwisch tanzte.

Nadine musste gut gewählt haben. Die Lichtglocke erlosch augenblicklich und die stählernen Spangen um Astrids Taille öffneten sich mit einem leisen Klirren. Mit seltsamen kleinen, stakeligen Schritten torkelte Astrid die paar Stufen vom Podest hinunter. Ehe sie zu stürzen drohte, sprangen Leon und David zu ihr, um sie zu halten. Leon nahm ihr die Kette mit dem stählernen Herzen ab. Es hinterließ ein Loch auf dem Shirt seiner Schwester.

„Nun habt ihr mir alles verdorben", jammerte sie. „Ich war schon so schön dünn. Nun ist alles wie vorher." Sie tastete ihren Körper ab.

„Aber Astrid", sagte Leon vorwurfsvoll, „du wärst sicher gestorben, wenn wir nicht ..."

„Was verstehst du schon davon, Leon." Plötzlich erschöpft setzte sich Astrid auf die Erde. Leon rückte neben sie. „Aber ich mag dich doch."

„Ich doch auch", murmelte sie. „Trotzdem wollte ich berühmt werden."

Währenddessen schrie Dr. Mechanicus nach Wasser. „Bringt Wasser, schnell! Bringt ...", keuchte sie. „Es brennt wie Feuer."

Sie riss die Tür zum Nebenzimmer auf und taumelte hinein. Unter Kreischen und Schubsen, sich drängelnd, polterten die Mädchen davon. Als Nadine und David ihr folgen wollten, hielt ein fürchterlicher Schrei sie zurück, dem ein Poltern, Stürzen, Lärmen sowie ein hundertstimmiges Plärren, das wie „Mama, Papa" klang, folgte.

Alle Regale, auf denen Puppen gesessen hatten, waren umgestürzt. Inmitten ihrer Geschöpfe lag Dr. Mechanicus, geheimnisvolle Puppenmacherin, Phantom des Kaufhauses, jetzt selbst wieder eine Puppe, mit kahlem Kopf. Die rote Perücke hatte sie verloren. Die grünen Augen waren ihr in den Puppenkopf gerutscht. Nadine starrte schaudernd in leere Augenhöhlen.

„Sie wird nie wieder ...?", flüsterte Nadine David zu.

„Ist ja irre", meinte David sich schüttelnd.

Als sie zurückkehrten, wirkte der Raum verlassen und leer, obwohl er noch immer voller Geräte und Apparate stand. Da und dort stieg noch eine dünne graue Rauchsäule auf. Und obwohl nur Minuten vergangen sein mussten, lag über allem schon eine feine Staubschicht, als wäre das hier alles Vergangenheit.

„Gehen wir", sagte Nadine zu Leon und Astrid. Von draußen hörten sie Lärm. Als sich die Tür hinter ihnen schloss, beschlich Nadine das beruhigende Gefühl, sie würde sich nie wieder öffnen.

Am Ende des Ganges stand Tante Britta. Sie sagte gerade sehr bestimmt: „Natürlich muss sie hier sein. Und ich hole sie mir wieder, Nadine. Mir ist schon einmal eine Puppe verloren gegangen. Das hat mir meine Schwester nie verziehen, es war ihre Lieblingspuppe. Hier handelt es sich aber um meine Nichte Nadine. Vorwärts!"

Der Hausdetektiv versuchte, ihr den Weg abzuschneiden. „Aber sehen Sie, meine Verehrteste: alles Beweise." Er hielt nacheinander eine pinkfarbige Streifenweste, eine noch halb gefüllte blaue Glückstrommel und den Pullover von Leon hoch. „Das alles habe ich ganz woanders gefunden."

„Nichts da." Nadines Tante schob ihn einfach zur Seite. Neben ihr trippelten eine völlig ratlose Assistentin Sinda und Leons Mutter.

„Da kommen sie ja alle zusammen." Tante Britta baute sich wie ein Bollwerk im Gang auf, indem sie die Arme in die Seiten stemmte. Herr Althus verschwand lautlos.

„Da bist du ja. Kannst du dich nicht einmal an die Zeit halten, Nadine?", sagte sie vorwurfsvoll. „Ihr seht so abgehetzt aus?" Ihr fragender Blick ging von einem zum anderen.

Leon eilte auf seine Mutter zu. Er zog Astrid mit. „Da ist sie wieder", sagte er. Erst umarmte sie beide Kinder voller Rührung. Dann veränderte sich ihr Gesichtsausdruck. „Und nun soll ich wohl Hurra schreien, weil ihr endlich wieder auftaucht?" Zum ersten Mal zeigte Leons und Astrids Mutter, dass ihr etwas nicht gefiel an ihren Kindern. „Darüber werden wir heute noch reden." Sie sah Leon strafend an. „Drei Tage in Sorge und drei Nächte, die mir vorkamen, als würden sie nie enden. Und du, die große Schwester ..."

„Ach Mam, du verstehst mal wieder gar nichts. Er hat mir alles verdorben. Beinahe wäre ich ..."

„Beinahe wäre ich auch gegangen ...", unterbrach ihre Mutter sie. „Wenn ihr mich nicht braucht, keinen Gedanken an mich verschwendet. Leon denkt nur an dich, Astrid. Und du, Astrid, hast es nur mit deinem Wunsch, immer dünner werden zu wollen zu tun." Ihre Mutter sagte dann: „Das beste Schaufenster wurde zwischendurch ausgezeichnet. Es war das Fenster, an dem Astrid mitgetan hat. Vielleicht hast du Talent darin. Doch das nur nebenbei."

Astrid wischte sich etwas Schminke aus dem Gesicht.

„Dazu musst du nicht dünn wie ein Zaunsstecken sein", meinte Leon anzüglich.

„Blödmann", sagte Astrid und gab ihm einen Schubs. Aber es zauberte ein dünnes Lächeln auf Leons Gesicht.

„Es ist bestimmt das letzte Mal gewesen", versicherte Nadine ihrer Tante dann, „ab jetzt bin ich immer pünktlich, versprochen. Und Papa kann sich über eine neue Geschichte freuen."

„Handelt sie vielleicht von einer verrückten Puppenmacherin?", wollte Louise Larsen wissen, die jetzt dazu kam. Überrascht schaute sie Nadine an. „Woher wissen Sie das?", wollte sie fragen, doch da erklangen von draußen Böllerschüsse.

„Das Feuerwerk beginnt", rief die Assistentin Sinda wie erlöst aus. Jetzt war sie wieder voll ihrer Aufgabe gewachsen. „Sie müssen alle noch das Feuerwerk ansehen."

Ehe sie nach draußen gingen, gab Leon Nadine und David die Hand und sagte: „Danke euch beiden. Lasst euch doch mal im Kaufhaus sehen."

„Vielleicht", sagte David zurückhaltend.

„Bestimmt nicht", meinte Nadine.

Rund um das Kaufhaus stand eine dichte Menschenmenge. Alle reckten die Köpfe zum Himmel, wo Feuerwerksgarben in die Höhe schossen, die nach ihrem Auseinanderfallen das Wort ‚Himmelreich' bildeten. Es folgten Blumensträuße aus Lichtpunkten gebildet, weitere Feuergarben, Sternenbündel. Dann stieg ein vielstimmiger Überraschungsschrei, begleitet von Ausrufen wie: „So seht doch ... seht ...", empor. Über dem

Kaufhausdach tanzte vor ihren Augen eine Dr. Mechanicus in roter Perücke, dem grünen Samtwams und den Pluderhosen, ehe sie unter „Ah" und „Oh" zerstiebte.

Damit war die Legende endgültig in den Köpfen aller, die das sahen, verankert, eine verrückte Puppenmacherin hause noch immer in den Tiefen des Kaufhauses und bastele an der Puppe der Zukunft.

Das zwölfte Kapitel und eine schwarze Kutsche

Waren die Stunden bis zum Mittag reich an Überraschungen gewesen, so steuerte der Nachmittag noch eine weitere bei. Gerade eilten Nadine und David der Terrasse von Tante Britta zu, als sie den Schrei hörten und zunächst wie angewurzelt stehen blieben. Danach stürmten sie hinüber zu Louise Larsen, denn von dort erklangen weitere Jammerlaute.

Als sie vorsichtig näher herankamen, sahen sie Frau Larsen auf der Terrasse hocken und sich über die Puppe Stella beugen. Tränen liefen ihr über die Wangen. Im Gesicht drückte sich tiefes Mitgefühl aus, aber auch Wut und Abscheu las Nadine darin.

„Seht her, man hat sie zerstört", rief Louise ihnen zu mit einer ganz kleinen Stimme, die eigentlich gar keine mehr war, eher wie ein hilfloses Flüstern oder eine Zwiesprache mit sich selbst. Als Nadine und David überrascht stehen blieben, deutete sie auf die daliegende Stella. Für alle war es ein sehr trauriger Anblick. Stella lag mit dem Gesicht auf dem Steinboden, Beine und Arme verdreht ausgestreckt.

„Oh, die Arme", sagte Nadine sofort mitleidig.

Das Kleid stand hinten offen und eine Menge dünner Drähte hing aus einer Klappe am Rücken heraus, die ohne Deckel war. Eine kleine silberne Batterie lag neben ihr. Die Schuhe fehlten. Alles in allem erweckte ihr Anblick den schmerzlichen Vergleich mit einem wertlosen Bündel, das jemand weggeworfen hatte.

„Wer ... wer hat das getan?", stöhnte Frau Larsen auf. „Sie ist doch nur eine Puppe. Ich habe sie schon einmal auf der Straße aufgehoben. Beinahe wurde sie von meinem Möbelauto überfahren. Und nun das!" Frau Larsen zeigte auf Stella. „Als ich ging, saß Stella im Schaukelstuhl, jetzt finde ich sie auf der Terrasse. Sie wurde böswillig zerstört. Das ist Mord – Puppenmord." Frau Larsen sah mit wildem Blick um sich. Dann nahm sie die Puppe auf und barg sie in ihrem Arm.

„Die Nase ist zerschunden, die Augen sind eingedrückt", murmelte sie dabei. Verstört und auch weil sie Frau Larsen nicht weiter aufregen wollten, nickten David und Nadine zu allem. Doch dann brach sich ihre Empörung Bahn.

„Das ist so was von gemein", schimpfte Nadine.

„Ich habe sie nicht besonders gemocht, aber das ... das ist oberfaul", machte sich David Luft.

„Aber vielleicht hängt es auch damit zusammen, dass die Dr. Mechanicus ebenfalls kaputt ist? Es gab da sicher eine Verbindung zu Puppe Stella." Nadine suchte fieberhaft nach einer möglichen Erklärung, um dem Geschehen etwas von seinem Schrecken zu nehmen. Etwas Tröstliches vermochte sie dennoch damit nicht zu sagen. Louise Larsen saß noch immer auf den Steinfliesen mit Tränen in den Augen und ihre Hände fuhren streichelnd über Stellas zerschundenen Körper.

„Aber das ist bestimmt wieder hinzukriegen", urteilte jetzt David und drehte die Puppe vorsichtig hin und her. Die eingedrückten Augen klapperten dabei im Kopf, die überdrehten Arme und Beine pendelten schlaff herab. David sah mehr das technische Problem, an dem zu basteln sei.

„Eine ganz normale Puppe ohne jeden Schnick-Schnack ist auf alle Fälle aus ihr zu machen."

„Sie wollte nur eine ganz normale Puppe wieder sein", sagte Nadine voller Staunen. „Hat sie sich am Ende selber zerstört?"

Alle drei sahen sie zu Stella hin und es schien ihnen, als gleiche sie schon viel mehr einer Puppe zum Spielen und Liebhaben, trotz all ihrer Mängel, als wie ursprünglich einem Kind.

„Sie hat so gar nichts Unheimliches mehr", stellte David verblüfft fest. „Jetzt mag ich sie direkt. Und ich bastele sie Ihnen wieder zusammen, versprochen."

Frau Larsen nickte getröstet und dankbar, und schließlich stand sie auch auf. „Wenn du sie mir zusammenflicken könntest, dann bekommt sie eine neue Perücke, ein wenig Farbe wieder in ihr Gesicht, neue Kleidung ..." Louise Larsens Gesicht begann zu strahlen.

„Und du sagst, diese Dr. Mechanicus gibt es nicht mehr?", fragte sie, vorsichtig die Worte abwägend. David und Nadine wurden blass und nickten nur. Noch war ihnen nicht so, um darüber zu sprechen.

„Aber das eröffnet Aussichten", murmelte sie. „Manchmal ist es gut, wenn etwas zu Ende ist. Doch die Legende wird weiterleben." Louise betrachtete die Puppe, dann strich sie ihr die zerzausten Locken aus der Stirn. „Auch wenn noch vieles an dir kaputt ist – sei willkommen, Puppe Stella", sagte sie herzlich.

„Nun kann sie uns nichts mehr erzählen und tanzen kann sie auch nicht mehr." Nadine dachte an ihren gemeinsamen Tanz mit Stella. „Aber ihr Wunsch hat sich erfüllt. Sie ist kein Geschöpf von Dr. Mechanicus mehr, sondern eine richtige Puppe."

David sammelte einige winzige Schrauben und Gewinde von den Steinvierecken auf, die er sorgfältig in sein Taschentuch einpackte.

„Doch wie geht es weiter?" Das fragte Nadine am anderen Morgen ihre Mutter, als diese am Telefon sagte: „Leider, Nadine, es wird wohl nichts mit dem Hörbuch werden. Dein Vater weigert sich, den Schluss umzuschreiben, so wie der Regisseur das will." Ein Seufzer wurde zurückgehalten, aber Nadine hörte ihn, sie sah förmlich die tiefe Sorgenfalte auf der Stirn ihrer Mutter zwischen den Augenbrauen. Prüfend fuhr sie sich über die eigene Stirn.

Ihre Mutter sprach weiter: „Aber ehe dein Vater in ein tiefes Loch voller Enttäuschung fällt, müsste ihm eine neue Geschichte einfallen, besser noch über den Weg laufen. Nur sehe ich weit und breit keine. Du hast nicht zufällig eine parat, einen Einfall, Nadine?"

„Na ja", hörte sie sich selber sagen, es kam ihr vor, als sei es noch immer zu früh, um ihre Erlebnisse zu verraten. Aber wenn ihr Vater eine neue Geschichte brauchte, um sich daran wie an einem Rettungsseil emporzuziehen, aus dem Sumpf einer großen Enttäuschung, dann wollte sie nicht knauserig sein.

„Also ... da wäre schon was ...", meinte sie endlich zögernd.

„Wahr oder erdacht?", forschte ihre Mutter begierig.

„Hm, etwas davon habe ich schon erlebt", milderte Nadine ihre Rolle dabei ab, „das meiste ist dann eher ausgedacht." Sie wollte gleich einen eventuellen Verdacht ihrer Mutter, man habe ihr womöglich etwas verschwiegen, gar nicht erst aufkommen lassen. „Und dann, da wäre auch noch die Nachbarin von Tante Britta, Frau Larsen, die Hilfe bei einem Ballett braucht, das sie aufschreiben will."

„Dann kommen wir schnell zurück", meinte ihre Mutter nun viel optimistischer.

„Aber ... aber ...", wandte Nadine jetzt ungehalten ein. Sie fühlte sich ausgehorcht und überfahren. „Ausgemacht waren vierzehn Tage bei Tante Britta. Ich kann wirklich noch nicht mit zurückfahren. Ich habe noch nicht einmal den Zoo besucht." Nadines Stimme klang dunkel vor Empörung. In Gedanken setzte sie hinzu: ‚Und warum du mit Britta verzankt bist, weiß ich auch immer noch nicht.'

„Den Zoo sehen wir uns heute an", meinte Tante Britta von der Tür her mit roten Ohren. Also musste sie gelauscht haben. „Und ganz ohne deinen Freund David und Frau Larsen. Heute möchte ich dich ganz für mich allein haben. Nur wir zwei, Nadine."

„Wie wäre es nun mit Naddi?" Nadine fragte es leicht verlegen und vermied es, ihre Tante dabei anzusehen. „Weil wir uns nun doch gut kennen."

Einen Augenblick blickte Britta Nadine prüfend an, dann nickte sie mit einem zufriedenen Lächeln. „Es ist kein Name für den Alltag, aber einer für besondere Gelegenheiten, dann wollen wir ihn nutzen." Für Nadine hörte sich das an wie ein Ritterschlag.

Die besondere Gelegenheit sollte nicht lange auf sich warten lassen.

Vorher nahmen sie sich viel Zeit für den Zoobesuch. Nadine bestand darauf, zuerst zu den Elefanten zu gehen und dann den Affen einen Besuch abzustatten. Am Ende hatten sie alles besichtigt, was ein Zoobesuch zu bieten hat. Einen riesigen Eisbecher inbegriffen.

Am Abend standen Nadine und ihre Tante auf der Terrasse und Nadine glaubte wie am ersten Abend, das Wetter riechen, schmecken, fühlen zu können. Es fühlte sich nach einem warmen Sommerabend an, es schmeckte Nadine nach Lavendel und roch nach einigen verspäteten Rosen, die an einem Strauch noch üppig blühten.

Angetrieben von einem warmen Wind trieben dunkle Wolken über einen letzten Streifen von rosa Wolken dahin. Die dunkleren Wolken bekamen das Aussehen von schwarzen Pferden. Eigentlich wollte Nadine sagen, wie schön das aussehe, als ihr einfiel, vielleicht sei das gerade der richtige Augenblick, ihre Tante nach dem Streit zu fragen, was ihr schon lange auf der Zunge lag. Sie rückte auf der Bank näher an ihre Tante heran.

„Wie wäre es, Tante Britta, wenn du mir erzähltest, warum ihr verzankt seid, meine Mutter und du. Es ist doch schon so lange her."

„Da gibt es nicht viel zu erzählen", Tante Britta schaute zu den rosa Abendwolken auf. „Deine Mutter und ich packten jeder ein Paket mit Spielzeug und Schulsachen für Kinder in Afrika. Als beide Pakete fertig waren, wir hatten mehrfach aus- und umgepackt, und die Pakete zur Post gebracht worden waren, fehlte die Lieblingspuppe deiner Mutter. Und sie behauptete, ich hätte sie mit eingepackt, was keiner so genau wusste. Die Puppe fand sich nie wieder und deine Mutter war nicht umzustimmen. Sie trägt es mir bis heute nach. Wir haben uns danach nie wieder ganz richtig vertraut. Ein leichtes Misstrauen blieb zwischen uns. Aber jetzt ist es wohl wirklich an der Zeit, damit Schluss zu machen."

„Na bestimmt", meinte Nadine voller Überzeugung und mit einer leisen Enttäuschung. Sie hatte auf ein großes Geheimnis gehofft. Aber nun war nur eine Puppe verschwunden.

„Du weißt nicht, wie sehr deine Mutter diese Puppe liebte", ergänzte Tante Britta leise. „Kurz darauf fehlte ein Lieblingsbuch von mir. Es lag dann zerrissen in der Mülltonne. So hat sich meine kleine Schwester danach gerächt. Aber ein Buch kann man nachkaufen – eine Puppe nicht. Es ist eben nicht dieselbe."

Tante Britta schwieg, sah wieder hinauf zu den Wolken, die graue Ränder bekommen hatten. Die schwarzen Pferde waren mit dem Wind davongesegelt. Nadine dachte, noch etwas über die Wolken zu sagen, wäre sicher gut, denn über den Puppenstreit zu richten, fiel ihr schwer. Doch ihr ausgestreckter Arm, der nach oben zeigte, blieb hilflos in der Luft hängen, als Tante Britta sie am Ärmel zupfte und fragte: „Naddi, siehst du zufällig auch eine schwarze Kutsche dort auf dem Parkplatz stehen?"

„Hm", gab sich Nadine zurückhaltend. „Sie steht schon eine Weile da, aber ich wollte dich nicht fragen, weil ich dachte, ich sehe sie mal wieder nur allein."

„Und da winkt uns auch jemand, Nadine." Eine in einem weißen Handschuh steckende Hand gab lebhafte Zeichen, doch näher zu kommen.

„Da müssen wir wohl", meinte Tante Britta. Entschlossen nahm sie Nadine an die Hand. Als sie nahe an der Kutsche waren, öffnete sich der Schlag und Louise Larsen, in einem äußerst beeindruckenden schwarzen Cape, mit der roten Perücke über einem weiß gepuderten Gesicht streckte ihnen eine Hand in einem weißen Handschuh entgegen. In der Ecke saß Puppe Stella, erwacht zu einer neuen Puppenschönheit mit blonden Zöpfen.

„Hören Sie, ich komme gerade von der Oper. Wir hatten eine wirklich schöne Aufführung. Nun wollte ich Sie und Nadine zu einer abendlichen Spazierfahrt einladen", sagte Louise munter.

„Das hätte ich mir auch gleich denken können, dass Sie dahinter stecken", meinte Nadines Tante, stieg aber ein. Nadine fand es echt romantisch, abends in einer schwarzen Kutsche durch die Stadt zu fahren.

„Auch wollte ich Sie bei meiner ersten Aufführung dabei haben. Ich lade Sie zu einer Aufführung ganz besonderer Art ein." Sie kicherte ausgelassen, danach mit einem kleinen Schluckauf am Schluss. „Doch zunächst legen Sie sich erst einmal so ein schwarzes Cape um. Es wird kühl während der Fahrt werden und alles soll ein wenig romantisch und theatralisch wirken", plapperte sie weiter. Frau Louise Larsen wirkte total aufgedreht und Nadines Tante musterte sie argwöhnisch.

„Sie haben doch nicht etwa etwas getrunken?", erkundigte sie sich.

„Bewahre", wehrte Frau Larsen mit glitzernden Augen in dem weiß geschminkten Gesicht ab, ganz ohne beleidigt zu sein. „Es ist nur das Theaterfieber, was in mir lodert", japste sie. Für Nadine wirkte Louise eher wie eine Flasche mit Sprudelwasser, die gleich ihren Verschluss in die Höhe jagen würde.

„Natürlich bin ich aufgeregt", versuchte sie ihren Zustand zu erklären und zog ihr Cape enger um sich.

„Vielleicht spuckst du mir dreimal über die linke Schulter, Nadine, das soll Glück bringen, sagt ein alter Theaterbrauch." Nadine tat es mit Begeisterung und sammelte dazu erst Spucke im Mund.

Währenddessen zuckelten die Pferde durch Straßen mit wenigen eiligen Fußgängern, die aber sofort lebhaft interessiert die Köpfe nach der schwarzen Kutsche drehten, dem „Klockklack" der Pferdehufe zu lauschen schienen und die merkwürdigen Fahrgäste musterten. In den ungewöhnlichen Umhängen, eine Puppe auf einem Sitz, wirkte alles so, als wäre eine alte Illustration aus einem Kinderbuch lebendig geworden. Und mit dem feinen Instinkt für Ungewöhnliches und von Neugier gepackt, liefen die meisten Spaziergänger, die keinem bestimmten Ziel, keiner Verabredung zustrebten, nun einfach neben der Kutsche her. Sie versuchten, mit ihr Schritt zu halten, was ihnen nicht allzu schwer fiel.

„Wo ... wo ... ist Ihr Theater? Wo findet die Aufführung statt?", wollte Nadine begierig wissen. Auch von einer unguten Vorahnung gepackt, da die Kutsche immer mehr die Straßen nahm, die zu dem Kaufhaus führten.

Schließlich blieb die Kutsche tatsächlich vor einem der großen erleuchteten Schaufenster des Kaufhauses stehen. Es klopfte an die Seitentür. Die wurde gleich darauf geöffnet und David stand davor, ebenfalls in so ein schwarzes Cape gehüllt. Er half Frau Larsen mit einer Verbeugung aus der Kutsche und Nadine staunte nicht schlecht darüber, mit welch zierlichen Bewegungen das David gelang.

„Was haben Sie vor?", flüsterte sie. Schon die Nähe des Kaufhauses machte Nadine nervös.

„Gib mir die Puppe, Nadine", sagte Louise statt einer Antwort. „Ist alles vorbereitet?", fragte Louise David, der eifrig nickte und auf ein Schaufenster zeigte, das zwar beleuchtet, aber von einem Vorhang verhüllt wurde. Er erinnerte Nadine an den Vorhang in Frau Larsens Wohnung. Gleich würde er zurückgezogen werden, vermutete sie, mit einem Seufzer der Erwartung wie vor einer großen Theateraufführung, bei der man gespannt auf den geschlossenen Vorhang starrt. Nadine lehnte sich zurück in die Kutsche und saß doch so angespannt da, dass sie selber über sich lachen musste. „Es ist wie in einer Theaterloge", sagte sie zu Tante Britta, von ihrem erhöhten Sitz den Hals reckend. „Nur ein Opernglas fehlt", tadelte sie, meinte es aber nicht wirklich ernst. David und Frau Larsen waren verschwunden. Die Zuschauermenge um die Kutsche und vor dem Schaufenster wuchs immer weiter an. Und da teilte sich der Vorhang. Ein vielstimmiges „Ah, seht bloß!" erschallte. Im Schaufenster stand eine Menge Puppen, steif, etwas nach vorn geneigt, in abgezirkelten Bewegungen erstarrt.

„Tante Britta, es sieht wie das Puppenmuseum der Dr. Mechanicus aus", rief Nadine. Unter den Puppen entdeckte sie Astrid und zu ihrer Verwunderung auch Leon. Drei besonders schöne Puppenleute standen auf Zehenspitzen. „Oh", flüsterte Nadine voller Bewunderung, „die sind sicher vom Opernballett."

Sie begannen sich zu bewegen, verbeugten sich gegenseitig vor den Zuschauern, schüttelten ihre Tüllröckchen, Leon zupfte an den Seidenquasten auf seinem Kostüm. Er sollte wohl so etwas wie ein Pierrot sein. Ein Puppenzirkus?

Frau Larsen trat hinzu und unverkennbar war sie Dr. Mechanicus. Sie drehte mit einem großen Pappschraubenschlüssel an Schrauben an den Rücken der Puppen, worauf die jedem ihrer Befehle gehorchten, die sie mit ausgestreckten Händen einforderte. Reifen wurden gehalten, durch die die Puppengeschöpfe sprangen. Sie bauten eine Pyramide, tanzten im Kreis um sich selber. Bis die Puppen von Dr. Mechanicus böse aussehende Löwenköpfe übergestülpt bekamen und sie mit einer Peitsche und unter Peitschenknallen, deren Klang sogar gedämpft zu vernehmen war, ihre Befehle erteilte.

„Das wird wohl nicht gut gehen", flüsterte Nadine.

Und als ob die Puppen es gehört hätten, zogen sie nacheinander die Pappköpfe herunter und gingen auf ihre Peinigerin los. Eine hohe, schlanke Puppe entriss ihr die Peitsche, ein Puppenjunge, in dem Nadine Leon erkannte, der seine Pomponquasten abgelöst hatte, nahm den Schraubenschlüssel auf und begann, ihn jetzt an Dr. Mechanicus zu drehen, bei dem sie allerlei Verrenkungen tat – tun musste. Bis sie schließlich demontiert war. Triumphierend wurden einzelne Teile von ihr hochgehoben, ein Arm, ein Bein. Man warf ihr ein schwarzes Cape über und trug sie unter Gejohle und Klatschen der Zuschauer hinaus. Zum Schluss wurde von allen Puppendarstellern ein Schild erhoben, auf dem zu lesen stand: „Eine Pantomime – Aufstand der Puppen, von Louise Larsen. Unter Mitwirkung von Ballettschülern der Oper."

„Das, das war großartig", jubelte Nadine. „Frau Larsen hat es geschafft. Es ist ein Anfang."

„Oh ja, das sehe ich auch so", Tante Britta sah ungeheuer beeindruckt aus. „Wenn sie noch etwas das Theatralische beiseite ließe, wäre sie eine wundervolle Nachbarin."

„Oder du gewöhnst dich daran", meinte Nadine schlau. Schwer atmend stieg Louise Larsen wenig später wieder in die Kutsche, die Puppe Stella im Arm, die als Dekorationspuppe mit im Schaufenster gesessen hatte, gefolgt von David. Mit „Bravo – Bravo" wurden sie empfangen.

„Es war sehr schön, wie sie getanzt haben", sagte Nadine voller Bewunderung. „Es wurde einem ganz gruselig dabei." Dann staunte sie nicht schlecht, als Frau Larsen die rote Perücke vom Kopf zog und darunter dichte graublonde Haare hervorquollen.

„Nun will ich eine Weile ich selber sein", sagte sie leise. „Sonst verliert man sich."

Für einen Augenblick wurde es ganz still im Kutscheninneren. Die Pferde hatten nach einem geschnalzten „Hü, hü" wieder ihre gemächliche Gangart aufgenommen und so fuhr die Kutsche unter Schweigen dahin, weil jeder seinen Gedanken nachhing.

Nur später, an einer besonders dunklen Häuserzeile presste Nadine ihre Nase an die Scheibe und fuhr erschrocken zurück. Sie glaubte, eine andere schwarze Kutsche erspäht zu haben. Hoch oben auf dem Dach saß jemand mit roten Haaren, einer grünen Samtjacke und Pluderhosen. Nadine rieb sich über die Augen - und da war nur noch das nächtliche Dunkel.

Mehr Magie bei DeBehr für Kinder

Laras Träume - Ein magisches Kinderbuch

Hans Hans

ISBN: 9783939241072

Lara ist fünf Jahre alt und geht in den Kindergarten einer kleinen Stadt. In einer Nacht, als sie gerade träumt, erhält sie Besuch von einem Heidegeist. Dieser nimmt die kleine Lara mit in sein magisches Reich voller Wunder und Zauber. Der Geist ist alsbald ihr bester Freund, jede Nacht nun besucht er sie. Beide bestehen spannende Abenteuer. Er ist ein ganz besonderer Geist, ein Geist des Waldes. Und so ist es seine Aufgabe, alles, was da kreucht und fleucht, zu beschützen - all die Tiere aber auch die Pflanzen behütet er. Lara erfährt viel über die Macht eines guten Herzens und die Vielfalt des Lebens.

Hans Hans schuf mit diesem poetischen Kinderbuch ein spannendes Werk für kleine Leser und Zuhörer ab 4 bis 12 Jahre. Wundervolle Grafiken untermalen die Geschichte.

Aaron Zirkuspferd - Die Geschichte einer Rettung

Ines Döring

ISBN: 978-3-941758-81-0

Das Fohlen Aaron könnte kein aufregenderes Leben haben, wird es doch mitten in die Welt eines Zirkus geboren. Doch der Direktor kann mit dem neugeborenen Pferdchen nichts anfangen, und so überlässt er das Fohlen seinem Schicksal, der Zirkus zieht weiter. Aaron bleibt zurück. Zum Glück jedoch gibt es Freunde, die das Pferdekind nicht im Stich lassen wollen. Eine abenteuerliche Rettungsaktion beginnt.

Das Buch von Ines Döring ist nicht nur für Kinder spannend. Erzählt wird von Mut, Freundschaft und Zusammenhalt.

Alles nur ein Märchen? Max, ein Junge von heute unterwegs in Geschichten von gestern

Ines Benkenstein

ISBN-13: 978-3981275179

Wer glaubt denn noch an Märchen? Diese Frage stellt sich Max, bis er eines Tages von einer geheimnisvollen Fremden eine Zauberkugel geschenkt bekommt. Und diese Kugel zieht ihn geradewegs in das Abenteuer seines Lebens hinein. Der ach so coole Max landet inmitten einer Märchenwelt, in der er sich mit seinem Wissen durchschlagen muss. Und DAS ist gar nicht so einfach. Folgt Max in eine zauberhafte Geschichte, begegnet altbekannten Märchenfiguren und erlebt, wie ein Junge von heute, der doch gar nicht mehr an Märchen glaubte, wilde Abenteuer besteht. Er rettet Rotkäppchen, hilft dem dummen Hans, viele Gefahren lauern auf ihn. Doch wie kommt er zurück in seine Welt?